Kerberos
켈베로스

1판 1쇄 찍음 2014년 7월 31일
1판 1쇄 펴냄 2014년 8월 5일

지은이 | 임준후
펴낸이 | 정 필
펴낸곳 | 도서출판 뿔미디어

편집장 | 이재권
기획 · 편집 | 윤영상

출판등록 | 2002년 9월 11일 (제1081-1-132호)
주소 | 경기도 부천시 원미구 상동로 117번길 49(상동) 503호 (우)420-861
전화 | 032)651-6513 / 팩스 032)651-6094
E-mail | bbulmedia@hanmail.net
홈페이지 | http://bbulmedia.com

값 8,000원

ISBN 979-11-315-3396-3 04810
ISBN 979-11-315-1140-4 04810 (세트)

Kerberos

5 켈베로스

BBULMEDIA FANTASY STORY
임준후 현대 판타지 장편 소설

목차

제1장 · 7

제2장 · 37

제3장 · 61

제4장 · 87

제5장 · 117

제6장 · 159

제7장 · 185

제8장 · 213

제9장 · 241

제10장 · 271

제11장 · 297

제1장

19세기 유럽풍으로 지어진, 성을 연상시키는 고풍스런 대저택은 광대한 숲에 둘러싸여 있었다. 태양이 떠오른 지 두 시간이 지났다. 하지만 십수 미터를 넘는 거목들이 드리운 깊은 그늘 속에서 저택은 아직 깨어나지 않고 있었다.

　간간이 숲 위로 모습을 드러내고 느리게 나는 새들만이 저택의 침묵에 작은 움직임을 만들 뿐이었다.

　이 저택은 아주 오래전부터 사람의 출입이 엄격하게 통제되고 있어 인근 사람들은 주인이 누구인지조차 알지 못했다.

　"신선하군."

가만히 눈을 감고 폐부 깊숙이 공기를 들이마시던 사내는 힘겨운 동작으로 의자의 팔걸이를 잡으며 자리에 앉았다.

그의 목소리는 쇠를 긁어대는 듯 카랑카랑하면서도 듣는 이의 가슴에 기묘한 두려움을 불러일으켰다.

1층의 테라스에서 바라본 풍경은 고즈넉했다.

서편으로 지고 있는 태양빛을 받은 드넓은 정원이 붉게 물들어가고 있었다. 중앙에서 솟구치는 분수 위에 떠 있는 흐릿한 무지개가 보였다.

의자에 앉은 사내는 등과 머리를 깊숙이 등받이에 묻었다. 그 작은 동작도 쉽지 않은 듯 사내의 이마에는 굵은 땀이 송골송골 돋았다.

사내는 팔걸이 위에 올려놓은 자신의 손을 내려다보았다.

그의 손은 살점이라고는 찾아볼 수가 없을 만큼 말라서 해골을 연상시켰다. 손만이 아니었다. 미라와 흡사한 그의 전신은 뼈와 가죽만이 남아 있었다.

뼈에 달라붙은 살가죽은 횟가루를 칠한 것처럼 흰빛이었다. 그처럼 마른 사람들의 피부는 보통 쭈글쭈글한데 그의 피부는 주름 하나 보이지 않았다. 그리고 가슴까지 내려오는 긴 머리카락은 검고 윤기가 흘렀다.

그가 시선을 들었다.

그의 정면에 서 있다가 시선을 받은 사내의 호흡이 일순간 멈췄다. 사십대 중반으로 보이는 그의 두 눈 깊은 곳에 공포와 경외의 기색이 어렸다.

검은자와 흰자가 극명하게 구분된, 그리고 인간적인 느낌이 온전하게 제거되어 있는 유리알처럼 투명한 두 눈이 그를 똑바로 응시하고 있었다.

중년인은 사내의 눈에 실린 가공할 기세에 전율했다.

그는 머리를 숙이며 한쪽 무릎을 꿇었다.

그의 의지와는 상관없는 행동이었다.

그래야만 한다는, 그로서는 도저히 거부할 엄두조차 낼 수 없는 절대적인 무언가가 그의 머리와 어깨, 등을 무시무시한 힘으로 찍어 누르고 있었다.

말없이 중년인을 바라보던 깡마른 사내의 입술이 작게 달싹였다.

"너를 보니 세월이 적잖이 흘렀음을 알겠구나. 얼마나 지났느냐?"

"15년입니다, 주인님."

깡마른 사내의 입매가 씰룩거렸다. 너무 말라서 어떤 표정인지 알기는 어려웠지만 자세히 보면 그것이 미소와 닮았음을 알 수 있으리라.

사내가 중얼거렸다.

"예상보다 5년을 단축했구나."

중년인은 침묵했다.

마땅히 축하할 일이었다. 그러나 그는 그 말을 입 밖에 낼 자격을 갖고 있지 않았다. 대신 그는 사내가 흥미를 가질 만한 사안에 대해 보고했다.

"주인님께서 한국의 대전에 묻어놓으셨던 마루타들을 깨운 자가 있습니다."

사내의 눈매에 가는 주름이 잡혔다. 중년인의 정수리를 내려다보는 그의 눈에 묘한 빛이 떠올랐다.

그가 물었다.

"대전? 그 역겨운 것들을 깨운 자가 있다고?"

"예."

"누구냐?"

"후지와라입니다."

"리쿠?"

중년인은 고개를 조아리며 대답했다.

"리쿠는 아닙니다. 그의 손자인 다이키라는 자입니다."

"흐흐흐, 생각보다 오래 걸렸구나."

흥미가 동한 듯 낮게 웃는 사내의 목소리에 힘이 실렸다.

그가 말을 이었다.

"그와 관련된 모든 것을 알고 싶구나."

"준비해 놓았습니다."

사내는 고개를 작게 끄덕이며 눈을 감았다.

"알았다. 그 일은 조금 뒤에 하자꾸나. 20년 만이다. 지금은 햇살과 공기를 즐기고 싶구나."

중년인은 자리에서 일어나 뒷걸음으로 자리를 떠났다.

*　　　　*　　　　*

스륵.

시은은 방문을 조심스럽게 열었다.

침상 아래, 이혁은 절에서 좌선하는 스님들이나 할 법한 결가부좌 자세를 한 채 눈을 감고 앉아 있었다.

그녀의 얼굴에 걱정스러워하는 기색이 떠올랐다.

그녀는 잠귀가 밝다.

이혁도 집을 나갔다 들어올 때 기척을 죽이거나 하지는 않아서 그녀는 새벽에 그가 어딘가 다녀왔다는 것을 알고 있었다.

요새 가끔씩 그러는 터라 그러려니 하고 넘어갔던 그녀가 이혁의 기색이 이상하다는 것을 느낀 건 아침식사 직후였다.

방학 기간이라 하숙집 여학생 4인방은 학교나 도서관으로 공부하러 가고 없었다. 아무도 이혁에게 같이 공부하자고 하지 않았다.

방학 초에 채현과 지수가 같이 공부하자고 꽤 많이 조르긴 했지만 쇠귀에 경 읽기도 그보다는 쉬울 터라 얼마 지나지 않아 그녀들도 포기했다. 이혁의 성격을 아는 미지는 조를 생각 자체를 하지 않았고, 지윤이야 이혁이 사고나 치지 않으면 관심을 보일 이유가 없었다.

여학생 4인방의 포기는 이혁에게 한가하기 그지없는 날들을 보장해 주었다.

이렇게 4인방이 집을 나가면 이혁은 식사 후 마당에서 시은과 이런저런 대화를 하곤 했는데, 오늘은 바로 2층으로 올라가 버렸다. 어두운 아우라를 팍팍 풍기면서.

스르륵.

문이 다시 닫혔다.

이혁은 눈을 떴다. 그리고 닫힌 방문을 잠시 바라보았다.

시은이 그를 걱정하고 있다는 것을 알고 있었지만 아직은 자신이 알고 있는 것에 대해 그녀와 상의할 때가 아니었다.

'그들에 대해 알고 있는 게 너무 적다. 내가 그들에 대해 말해주면 누나는 그들과 관련된 정보를 수집하려 할 거야. 하지만 그것들의 능력을 생각하면… 내 능력으로도 쉽게 잡지 못하는 자들이 속한 곳이다. 누나 휘하에 있는 사람들 중 그들을 조사할 수 있을 만한 능력을 가진 사람은

없어. 무리했을 때는 희생이 걷잡을 수 없을 정도로 커질 수도 있다. 아직은 아니야……'

새벽에 만난 의문의 존재들로 인한 그의 고민은 깊었다.

직접 손을 섞기까지 하지 않았던가.

'사람의 형상을 하고 있었지만 그것들은 인간이 아니었어. 그럼 뭐였지? 뱀파이어? 말도 안 된다. 지금 시대가 21세기야.'

그는 가볍게 도리질을 쳤다.

비상식적인 존재와 조우하긴 했지만 그는 자신이 만난 존재가 뱀파이어라고 생각하지 않았다. 그가 뱀파이어를 전설로 치부하는 현대인이기 때문은 아니었다. 이유가 있었다.

'그걸 본능이라고 할 수 있다면… 그것들은 본능만이 남아 있었다. 이성적인 사고를 하는 것들이 아니었어.'

그는 자신의 느낌에 확신을 갖고 있었다.

그가 만난 존재들은 믿어지지 않을 만큼 강력하고 빠르게 진보하는 육체적인 능력을 갖고 있었다. 하지만 사고(思考)라는 것을 하지 못했다. 그리고 그것보다 더 중요한 사실을 이혁은 분명하게 느꼈다.

'전설에 나오는 뱀파이어는 이종족이다. 생존방법이 다를 뿐 인간과 다를 바 없는 사고를 해. 그리고 살아 있지.

하지만 그것들은 움직이고는 있었어도 죽은 자들이었다. 심장박동과 맥박이 전혀 잡히지 않았고, 생기도 느껴지지 않았어.'

죽은 자는 움직일 수 없다.

그렇다면 결론은 하나다.

'누군가 그것들을 움직이고 있다, 그 저택 안에 있는 어떤 자가. 그것들을 통해 무엇인가를 얻고자 하는 자가 있어. 이건 마약 따위가 얽힌 일이 아니야. 더 큰 게 있다.'

그만한 힘을 가진 괴물들을 아무런 이유 없이 만들어냈을 리는 없었다. 분명 어딘가에 쓰려고 하는 것이라 생각하는 게 이치에 맞았다.

마약? 죽은 자들이 살아 있는 듯 움직이게 만들 수 있는 힘을 가진 자들이다. 마약 따위는 그 존재들에 비하면 명함도 내밀 수 없는, 소소한 것에 불과했다. 그런 자들에게 마약이 주된 목적이라고 한다면' 지나가던 개가 웃을 것이다.

'누가, 어떻게, 그리고 도대체 어디에 쓰려고 만들어낸 것일까? 그리고 왜 사람들의 피를 빨아먹는 거지? 그건 생존하기 위해 필요한 행위인가?'

그의 눈가에 피로한 기색이 떠올랐다.

몸이 피곤해서가 아니라 평소 쓰지 않던 머리를 혹사하고 있으니 과부하(?)가 걸리고 있는 것이다.

그는 자신의 손을 내려다보았다.

직접 몸으로 겪었으면서도 받아들이기가 쉽지 않았다.

죽은 상태에서 움직이는, 그것도 초인적인 능력을 발휘하는 인간의 형상을 한 존재들.

이혁의 입가에 쓴웃음이 떠올랐다.

어린 시절 형들의 손을 잡고 갔던 영화관에서 그는 오늘 조우한 것과 같은 존재들이 나오는 영화를 본 적이 있었다.

'강시… 그래, 뱀파이어보다는 강시에 가까운 존재들이었다, 오늘 내가 본 그것들은. 비록 이마에 부적을 붙이지도, 기괴한 검은 상복을 입고 있지도 않았지만.'

그는 손을 올려 자신의 어깨를 어루만졌다.

괴물 하나의 상체를 박살 냈던 강력한 몸통박치기는 성공적이었다. 그러나 당시 그가 받은 피해도 적다고 할 수 없었다. 여러 시간이 지난 지금도 상반신이 마비된 듯 얼얼했고, 내공의 흐름 또한 불안정했다.

사문의 무예를 수련한 후로 이 정도의 충격과 내상을 입은 기억은 한 번도 없었다.

'분명 반탄지력이었다. 하지만 무예가 경지에 이른 자의 그것은 아니었어. 그랬다면 내가 이렇게 빨리 내상에서 벗어날 수 없었겠지. 그럼 어떻게 형성된 반탄지력이었을까?'

위험이 닥치면 신체의 부위 어디서나 즉각적으로 반탄지력이 일어나 몸을 보호할 수 있는 경지는, 무예를 익히는 사람들에게도 꿈과 같다. 그 능력의 실재를 믿는 사람조차 드물 정도로.

하시만 이혁은 그런 능력이 실재한다는 것을 알고 있었다. 비록 초입에 머물고 있는 상태이긴 해도 그 자신이 발휘할 수 있는 능력이었으니까. 그래서 수련을 통해 얻은 반탄지력의 위력이 얼마나 무서운지 너무도 잘 알고 있었다.

강시인지, 뱀파이어인지 알 수 없는 존재들이 그에게 충격을 가했던 수법이 수련을 통해 이룩한 반탄지력이었다면 그는 일어나지도 못하는 중상을 입었어야 했다.

생각할수록 의문이 뭉게구름처럼 일어났다. 하지만 결론을 얻을 수 없는 의문이었다. 지금은 그것들에 대해 아는 것이 너무 없었다.

생각을 이어가던 그의 얼굴이 굳었다.

'사람이 여럿 죽었다. 저번에 수하가 말했던 살인 사건이 아마도 그것들에 의해 저질러진 걸 거야. 이건 너무 위험한데……'

그는 이수하에 대한 걱정으로 가슴이 무거워졌다.

이수하는 상시 권총을 소지할 자격을 국가로부터 부여받은 강력반 형사였다. 전시가 아닌 평시에, 그것도 총기소지가 불법인 이 나라에서 권총은 가장 강력한 무기라

할 수 있었다.

그러나 이혁의 걱정은 가시지 않았다.

그것들은 살아 있는 존재가 아니었다.

권총으로 그들을 잡을 수 있을 거라고는 생각되지 않았다.

그가 경험했던 그것들은 무시무시할 만큼 빠르고 강력한 힘을 지니고 있었다.

권총을 꺼내기도 전에 목이 먼저 부러질 확률이 백퍼센트였다.

'그런 것들이 단둘뿐일까? 아니면 더 있을까?'

이혁은 주먹을 몇 번 쥐었다가 폈다.

이수하가 위험해질 수도 있다는 생각이 들자 고민의 결론은 빠르게 났다.

남자는 자기 여자를 위험에서 보호해야만 한다.

이건 이혁에게는 절대명제와 같았다.

형들의 가르침이었으니까.

*　　　*　　　*

광화문역 2번 출구에 머리가 반쯤 벗겨진 금발의 외국인이 모습을 드러냈다. 한참 유행을 지난 회색 양복 차림의 그는 살짝 얼굴을 찡그리며 뒤를 돌아보았다. 떨떠름한 기색이 역력한 눈빛이었다.

그는 180센티 정도의 키에 보통 체격인 평범한 외모였다. 하지만 눈빛만은 평범하지 않아서 푸른빛을 띤 그의 눈은 깊고 넓어 바다를 연상시켰다.

'빌어먹을… 대사님이 시간에 민감한 분만 아니라면 절대로 저놈의 지하철을 타지 않을 텐데……'

제이슨은 속으로 투덜거렸다.

요즘 한국인 중에는 영어를 잘하는 사람들이 적지 않아서 입 밖으로 투덜거리는 건 조심해야 했다.

그는 배를 어루만지며 걸음을 옮겼다.

지하철을 타고 오며 얼마나 사람들에게 부대꼈는지 위가 쓰렸다. 두어 시간 전에 맛있게 먹은 스테이크가 속에서 엉키는 기분이었다.

'시간 맞추려면 어쩔 수 있나……'

그는 서울에서 퇴근 시간대에 약속 시간을 지키기 위해서는 지하철을 타는 것 외에 다른 방법이 없다는 걸 잘 알고 있었다.

버스나 택시, 자가용을 탔다가 주차장처럼 변하는 도로에서 흘러가는 시간만 쳐다보며 속을 끓여야 했던 뼈아픈 경험을 통해 배운 지혜였다.

저녁 7시가 다 되어가는 시간이지만 아직 해가 지지 않아 밖은 환했다.

한적한 것을 좋아하는 제이슨은 주변 풍경을 돌아보며 속으로 혀를 찼다.

인도와 도로는 사람과 차들로 가득 차 있었다. 저 흐름에 포함되어 걸어야 한다는 생각만으로도 제이슨은 짜증이 날 지경이었다.

걸음을 옮기는 그의 눈에 이 나라 사람들이 성군이라 칭하는 세종대왕의 동상이 눈에 들어왔다. 멀리 사실상 임진왜란을 종식시키고도 당시의 왕에게 온갖 홀대를 당하다가 전장에서 총에 맞아 죽었다는 위대한 장군의 동상도 보였다.

역 입구에서 주한미국대사관까지의 거리는 얼마 되지 않았다. 급하게 걸은 것도 아닌데 5분도 지나기 전에 그는 대사관 앞에 도착했다.

사전에 연락을 하고 온 터라 그는 바로 대사의 방으로 안내되었다.

테이블 뒤의 의자에 앉아 서류를 보고 있던 흑인이 일어나 환하게 웃으며 두 팔을 벌리며 말했다.

"어서 오게, 제이슨."

체구와 달리 그의 목소리는 듣기 좋은 중저음이었다.

올해 57세인 주한미국대사 로크 윌리암스는 190센티미터에 120킬로가 넘는 거구의 흑인으로 그 큰 체격이 전부 근육일 거라는 평을 들을 정도의 운동광이며, 대단히

정력적인 인물이었다.

로크가 내민 손을 마주잡아 악수를 한 제이슨이 싱긋
웃었다.

"아귀힘이 더 좋아지신 듯합니다, 대사님."

"그래? 어젯밤에 모처럼 사라가 날 괴롭히지 않은 덕분
일 걸세. 하하하."

제이슨은 피식 웃었다.

"부인께 전해 드릴까요?"

로크가 눈을 크게 떴다.

"이 사람, 누구 잡을 일 있나!"

"하하하."

"허허허."

로크가 언급한 사라는 그의 부인 사라 도먼을 뜻했다.
로크와 결혼한 지 20년째인 그녀는 로크만 한 운동광이
었다. 그리고 세월이 흘러도 식지 않는 이들 부부의 애정
은 미국 정가에 유명했다.

소파에 마주 앉은 제이슨을 보며 로크가 말문을 열었다.

"그래, 무슨 일로 날 보자고 한 건가?"

로크는 정말 의아한 기색으로 제이슨을 보고 있었다.

제이슨은 어깨를 으쓱하며 대답했다.

"대사님의 도움이 필요합니다."

로크의 눈빛이 강해졌다.

그는 눈앞에 앉아 있는 CIA 동북아 지부 한국 담당자인 제이슨 래드너가 어지간해서는 저런 말을 하지 않는다는 걸 잘 알고 있었다.

그는 내심 고개를 갸웃했다.

CIA는 한국의 정재계에 막강한 인맥을 갖고 있다. 한미가 정보를 공조한 세월만 반세기가 넘는 것이다. 적어도 이 나라에서 CIA가 조직 외의 인물에게 도움을 청할 만큼 중대한 사안은 10년에 한 번도 있기 어려웠다.

"도움이라… 자네가 개인적인 도움을 구하러 날 찾았을 리는 없고. 말해보게."

"얼마 전 대사님께서 조나단을 통해 제게 알려주신 대전의 살인사건을 기억하십니까?"

조나단은 대사관에 상주하는 CIA요원이다.

로크는 고개를 끄덕였다.

검찰 고위직에 있는 인사와 사적인 통화를 하던 도중 우연히 접하게 된 것이었지만 사안이 특이해서 조나단에게 말해준 기억이 났다. 하지만 크게 중요한 건이라고는 생각하지 않아서 잊고 있었다.

"그 일이 왜?"

제이슨의 얼굴이 신중해졌다.

"조나단의 보고를 받은 후 그 사건과 관련한 주변을 조사하다가 생각지도 못했던 인물들이 대전을 배회하고 있는 걸 발견했습니다."

로크는 이맛살을 찌푸렸다.

"자네 얼굴을 그렇게 굳어지게 만든 인물들이 누군지 궁금하군."

제이슨의 굳어졌던 얼굴이 펴지며 입가에 미소가 떠올랐다.

잠시 표정관리를 하지 못했다는 걸 그제야 인식한 것이다.

그가 말했다.

"후지와라 가문에 대해 혹시 알고 계십니까?"

"후지와라?"

로크의 찌푸린 이마에 주름이 몇 개 더해졌다.

"자네가 말하는 후지와라 가문이 동부에 자리를 잡고 있는 재력가의 집안이라면 들어는 보았네만."

제이슨은 고개를 끄덕였다.

로크가 그들의 진면목에 대해 알지 못하는 건 이상한 일이 아니었다. 후지와라 가문에 대한 정보는 미국 권력 최상층부에 있는 인물들에게도 제대로 공개되지 않고 있었다.

그는 검지를 꼿꼿이 세워 천장을 가리켰다.

"윗분들은 후지와라 가문의 일거수일투족에 큰 관심을 갖고 계십니다. 하지만 그분들이 관심을 갖고 계시다는 걸 많은 사람이 아는 건 원치 않으시죠."

말을 하는 제이슨의 입가에 쓴웃음이 떠올랐다.

윗분들이 원치 않는 많은 사람 속에는 그도 포함되어 있었다. 로크보다야 많이 아는 게 사실이지만 그 차이는 크지 않았다.

그가 말을 이었다.

"후지와라 가문의 큰 아들이 지금 대전에 머물고 있습니다. 저는 그 사실을 상부에 보고했습니다. 그날 오후 본국에서 요원을 한국에 파견할 테니 전적인 협조를 하라는 지침이 내려왔습니다. 그 지침 중에는 대사님과 긴밀하게 협조하라는 내용도 들어 있었습니다."

로크는 미간을 좁히고 눈을 가늘게 떴다.

그가 말했다.

"나는 아직 어떤 훈령도 전달받은 것이 없다네."

제이슨이 싱긋 웃었다.

"제가 대사님을 뵈었다는 보고를 하면 직후 훈령이 내려올 겁니다. 본국에서는 제가 대사님께 먼저 설명을 해 드리는 게 예의라 판단한 듯합니다."

로크는 고개를 끄덕였다.

대범한 그였지만 사전 설명 없이 본국에서 CIA에 협조하라는 훈령을 내린다면 기분 좋을 리 없었다.

훈령을 내리기 전 제이슨을 그에게 보낸 건 나름 그를 배려한 조치인 셈이었다.

그가 물었다.

"나는 솔직히 이해가 잘되지 않네. 후지와라 가문과 대전살인사건이 어떤 연관이 있는지도 그렇고, 왜 본국에서 따로 요원을 파견한다는 것인지도 말일세. 필요하다면 한국 정부로부터 어떤 정보라도 얻을 수 있는 자네들이 있지 않은가? NSA의 정보수집능력과 자네들의 능력이 건재한데도 별도의 요원이 왜 필요하다는 건가?"

제이슨은 습관처럼 손가락 마디를 꺾어댔다.

생각을 정리할 때마다 나오는 그의 습관이었다.

잠시 후 그가 대답했다.

"제 보고가 올라간 후부터 본국의 첩보위성 세 개가 대전 상공에 떴습니다. 그중 하나는 고정입니다."

로크의 눈이 커졌다.

"국가정찰국(NRO:National Reconnaissance Office)까지?"

"예. 그들도 적극적으로 협조하고 있습니다."

로크의 안색이 심각해졌다.

그는 대전에서 벌어지고 있는 일이 자신의 예상범위를 한참이나 넘어선 것이라는 걸 직감했다.

국가정찰국(NRO:National Reconnaissance Office)은 연간 예산 5조 원 이상을 사용하며, 현재까지 300여 개 이상의 첩보위성을 쏘아 올렸다고 알려져 있는 정보기관이다. 그들은 상업위성과 연계하여 지구 전역에서 생성되는 신호와 영상, 통신을 통해 광범위한 정보를 수집한다.

그들이 운용하는 첩보위성이 한국에 세 개나 배당되었고, 그중 하나는 고정이라는 건 의미가 가볍지 않았다.

"대전에서 무슨 일이 벌어지고 있는 건가?"

제이슨은 고개를 저으며 대답했다.

"저도 모릅니다, 대사님."

"허……."

"제가 아는 건 앞으로 대전에서 어떤 일이 벌어질지 모르며, 그에 대한 정보를 통제하기 위해 대사님께서 적극적으로 한국 정부에 영향력을 행사해야 할지도 모른다는 것입니다."

"내가 도와야 할 부분이 그건가?"

"그렇습니다. 본국에 계시는 분들은 대전에서 어떤 일이 벌어지든 그에 대한 모든 정보는 우리만이 갖고 있어야 한다고 생각하십니다."

"흠… 쉽지 않겠구만. 한국 정부가 용납하려 하지 않을 걸세."

제이슨은 빙그레 웃었다.

"현재 한국 정부의 고위인사들은 대전에 관심이 없습니다. 그들의 관심은 오직 권력뿐이지요. 대사님께서 조금

만 신경 쓰신다면 그들을 다루는 데 문제가 없으리라 생
각하고 있습니다."

로크의 입술 사이로 피식하며 작은 웃음소리가 났다.

그는 세계최강대국 미국의 대사였다.

한국 내의 어떤 요인도 그의 부탁을 거절하지는 못한다.

이 나라의 특정 계층 구체적으로 말한다면 흔히 사회지
도층 혹은 상위 0.1%라 불리는 사람들에 한해서 그는 현
직 대통령보다도 더 강력한 영향력이 있는 존재였다.

*   *   *

대전 외곽의 별장 지하실.

"자네가 손을 쓴 게 아니라고?"

"그렇습니다. 저는 재료를 더 공급했을 뿐입니다."

"가네마루가 남긴 자료에 이런 현상에 대해서도 기록되
어 있었나?"

다이키는 거칠게 뛰는 심장고동을 드러내지 않으려 애
쓰며 물었다.

"없었습니다, 회장님."

대답하는 나카모토의 목소리가 가늘게 떨렸다.

전면을 향한 그의 동공은 크게 열린 채 놀람과 탐욕이
뒤섞인 광기가 맹렬하게 타오르고 있었다.

두 사람의 시선은 마치 자석에 이끌린 쇠붙이처럼 상체가 부서진 모습으로 누워 있는 자의 유리관에 고정되어 있었다.

유리관과 연결된 튜브들이 거대한 구렁이처럼 꿀렁꿀렁거리며 희고 붉은 액체를 미친 듯이 관 안으로 토해냈다.

그 속도는 속사포를 쏘아대는 듯했고, 양도 많아서 관 안은 금방이라도 액체로 가득 차야 정상이었다. 그러나 액체는 관의 밑바닥을 적시지도 못했다. 관 안으로 들어오자마자 기화되며 안에 누워 있는 자의 몸으로 빨려 들어갔기 때문이었다.

누워 있는 자의 부서졌던 상체는 거의 복구된 상태였다. 가슴을 덮고 있던 붉은 기포들도 보이지 않았다.

드러난 가슴은 안으로 패인 듯도 했지만 그 흔적은 육안으로 구분하기 어려울 만큼 미미했다. 그리고 그 미미한 흔적도 빠르게 사라져 가는 중이었다.

옆의 유리관 안에서도 같은 일이 벌어지고 있었다.

그 안에 있는 자는 상처를 입지 않아서인지 다른 유리관에 유입되고 있는 액체보다 훨씬 적은 양이 유입되었다. 하지만 액체가 기화되어 누워 있는 자의 몸으로 흡수되는 건 동일했다.

다이키는 주먹을 꽉 움켜쥐었다.

나카모토에게 48시간 내에 회복시키라는 지시를 내리

긴 했지만 그건 극도로 화가 난 상태였기에 부린 억지라는 걸 그 자신도 잘 알고 있었다.

유리관 안의 존재가 입은 상처는 극심한 것이어서 그가 지시한 시간 내에 회복되는 건 불가능했다. 하지만 그 불가능이 30시간도 지나기 전에 가능으로 바뀌고 있었다.

그는 시선을 돌려 밖을 보았다.

밖의 유리관들이 늘어서 있는 공간과 이곳을 분리시켜 놓았던 문은 활짝 열려 있었다. 그래서 다이키는 줄지어 늘어서 있는 유리관들의 안에서 어떤 일이 벌어지고 있는지 똑똑히 볼 수 있었다.

붉은색의 액체로 채워져 있던 유리관들의 대부분은 안이 텅 비어 있었다. 붉은 물도, 그 안에 들어 있던 사람의 몸도 보이지 않았다. 텅 빈 유리관과 연결된 튜브는 더 이상 초록과 흰빛을 띠고 있지 않았다.

다이키의 시선이 아직 붉은 물이 들어차 있는 유리관을 향했다.

그 유리관 안의 붉은 물들은 통째로 연결된 튜브로 빠져나가고 있었다. 물이 빠지며 그 안에 들어 있던 사람의 모습이 드러났다.

40대 중년으로 보이는 보통 키의 깡마른 사내였다.

그는 입을 벌린 모습으로 유리관 중앙에 서 있었는데 두 개의 튜브가 그의 심장 부위를 앞뒤로 꿰뚫고 있어서 쓰러지지도 못했다.

물이 그 사내의 귀가 있는 부분까지 빠지자 사내의 머리끝 정수리 부분이 사포로 간 듯 가루로 부서지기 시작했다. 물이 빠지는 속도는 상당히 빨랐다. 사내의 신체가 부서지는 속도도 그것과 비슷했다.

물이 전부 빠져나갔을 즈음 사내의 신체 부위 중 남은 건 발목 아래의 두 발밖에 없었다. 그리고 그것도 곧 사라졌다.

유리관 안은 텅 비었다.

한 줌의 가루조차 남지 않았다.

그런 변화가 지하를 가득 채운 모든 유리관 안에서 벌어지고 있었다. 그리고 그 변화는 거의 끝에 도달한 듯이 보였다. 안에 붉은 물이 출렁이는 유리관의 숫자는 열 개도 채 되지 않았다.

다시 상처를 입었던 자의 유리관으로 시선을 옮긴 다이키가 물었다.

"공급한 재료는 어느 정도인가?"

"새로 더한 서른일곱까지 포함해서 구십삼입니다."

"구십삼이라… 자네는 치유 속도가 저렇게 빨라진 원인을 뭐라고 생각하는가?"

나카모토는 바로 대답하지 못했다.

그는 잠시 머뭇거리다가 입을 열었다.

"저것들의 내부에 뭔가 변화가 있었던 것 같지만 정확한 원인을 말씀드리기는 어렵습니다."

"자네가 행한 조치에 의한 것이 아니란 말인가?"

"재료를 더 많이 공급한 것이 어떤 식으로든 영향을 미쳤겠지만… 그게 결정적인 이유라는 생각은 들지 않습니다. 게다가 재료들이 저런 식으로 소멸된다는 건… 재료에서 뽑아낸 생기(生氣)가 치유에 도움이 된다는 건 알고 있었지만 재료 자체를 흡수한다는 건 가네무라의 연구자료 어디에도 기록되어 있지 않던 것입니다. 더 많은 연구가 필요합니다, 회장님."

다이키는 지그시 입술을 깨물었다.

10년 전, 오랜 추적 끝에 가네무라 슈이치가 남긴 연구 기록을 손에 넣었을 때만 해도 그는 세상을 다 얻은 것처럼 기뻤었다.

기록을 조사하면서 가네무라 슈이치가 일정한 수준까지 실험했던 마루타 두 구를 한국에 묻어놓았다는 것을 알게 되었을 때는 또 어떠했던가.

하지만 지금의 심정은 그때와 많이 달랐다.

가네무라가 남긴 연구 기록과 마루타는 불완전했다.

기록에 남아 있는 방법으로 살아 있는 인간의 육신에서 생기를 뽑아낼 수는 있었다. 그러나 그 생기는 사람의 몸으로 받아들일 수 있는 것이 아니었다. 생기를 주입한 인간은 그 기운을 이겨내지 못하고 폭주하다가 터져 버렸다.

그 기운을 받아들이고도 폭발하지 않고 견뎌낸 건 가네무라가 남긴 마루타들밖에 없었다.

다이키는 막대한 자금을 연구에 쏟아부었으나 생기를 주입받은 인간의 몸이 폭발하는 이유를 밝혀내지 못했다.

그 와중에 가네무라의 기록을 조사하는 한편 마루타를 대상으로 실험을 진행하던 나카모토가 중요한 발견을 했다.

가네무라가 남긴 연구 기록에는 마루타가 인간의 생기를 흡수할 수 있는 다른 방법이 있으며, 그것이 더욱 효과적이고 경제적이라는 구절이 있었던 것이다.

무엇 때문인지 가네무라는 그 방법이 무엇인지에 대해서는 기록을 남기지 않았다.

그것을 알기 위해서는 마루타를 깨워야만 했다. 그래서 다이키는 마루타들을 깨웠던 것이다.

생각에 잠겼던 다이키가 혼잣말처럼 중얼거렸다.

"가네무라 슈이치… 마루타를 만드는 방법과 생기를 받아들이고도 폭발하지 않는 방법, 그리고 생기를 흡수하는 또 다른 방법… 후후후… 정말 중요한 연구에 대해서는 간단한 힌트도 남기지 않은 자… 으드득… 네놈이 감히 본 가문을 희롱하겠다는 것이냐……."

나카모토는 자신도 모르게 몸을 떨었다.

다이키의 몸에서 흘러나오는 살기가 지독하게 강했던

것이다.

다이키가 이를 악물며 몇 번의 심호흡으로 살기를 진정시키고 있을 때 타카이가 안으로 들어왔다.

그는 다이키에게 고개를 숙여 인사했다.

"긴급한 사안이라 시간을 지체할 수 없어 들어왔습니다, 회장님."

다이키는 눈살을 찌푸렸다.

지금은 아무에게도 방해받고 싶지 않은 시간이었다. 그러나 타카이를 탓할 수는 없었다. 그를 잘 아는 타카이가 들어온 건 그만한 이유가 있을 터였기에.

"무슨 일이냐?"

"SOD의 인물들이 대전에 있다는 연락을 받았습니다."

다이키의 이마에 주름이 잡혔다.

"SOD가?"

"예."

"누구냐?"

"지휘자는 적가의 직계인 적운기입니다. 그리고 총원은 대략 20명가량인데, 모두 적가의 전투요원들이라고 합니다."

이맛살을 찌푸린 채 다이키가 재차 물었다.

"출처는?"

"내각정보조사실입니다."

"요시오가?"

"예."

"그럼 사실이겠군."

다이키는 눈살을 찌푸리며 말을 이었다.

"적가의 전투요원들이라… 그 정도 숫자가 대전까지 올 이유가 있나?"

타카이의 얼굴이 신중해졌다.

그가 말했다.

"요시오의 말로는 적운기가 한국에 온 이유를 알아내지는 못했답니다. 단지 그가 무언가를 찾고 있는 듯하다더 군요."

다이키의 시선이 쏘는 것처럼 강해졌다.

"무언가를 찾고 있다고?"

"그렇습니다."

타카이의 대답을 들은 다이키의 얼굴이 심각해졌다.

"찾는다… 단서를 얻었다는 말인데… 어떻게……?"

그의 시선이 나카모토를 향했다.

"적가에서 마루타의 연구 자료를 얻을 수 있는 좋은 기회를 제공해 주는군. 나카모토!"

"예, 회장님."

"회복이 되는 대로 마루타들을 내보내겠다. 준비하도록."

그의 음성은 반론을 용납하지 않겠다는 듯 강경했다.

나카모토는 마루타들을 힐끗 보고는 자세를 바로하며 대답했다.

"알겠습니다, 회장님."

다이키는 타카이에게 고개를 돌렸다.

"타카이."

"예."

"적운기와 그의 부하들의 동선을 파악해라. 이 지역에 밝은 유성회의 도움을 받으면 어렵지 않을 거야."

"적가가 이곳 사정에 어둡다 해도 유성회 정도가 주변을 기웃거리면 바로 알아차릴 겁니다."

다이키의 입가에 서늘한 미소가 떠올랐다.

그가 말했다.

"유성회를 미끼로 써도 좋다."

말뜻을 이해한 타카이는 고개를 숙였다.

"조치하겠습니다, 회장님."

타카이는 즉시 밖으로 나갔다.

다이키는 분주하게 움직이는 타카이를 바라보며 생각에 잠겼다.

제2장

[야, 너 정말 손 안 뗄 거냐?]

전화 저편에서 들려오는 편정호의 목소리는 묵직했다.

이혁은 풀썩 웃었다.

"지금 날 걱정씩이나 해주고 계시는 것이옵니까?"

[너랑 농담 따먹기 할 기분 아니다.]

편정호의 목소리에 날이 서 있었다. 신경이 예민해진 것 같다는 느낌이 왔다. 하지만 이혁은 느긋하게 웃으며 말을 받았다. 편정호가 예민해졌다고 그까지 그럴 필요는 없는 것이다.

"농담 안 하면? 주저앉아 무섭다고 울까?"

[아… 씨바… 뭔 말을 못해요… 니기미…….]

휴대폰과 거리를 둔 듯 작게 들려오는 편정호의 음성에서 답답해 미치겠다는 심정이 그대로 전해져 왔다.

이혁은 휴대폰을 잠시 귀에서 떼고 밤하늘을 올려다보았다.

별빛이 눈부셨다.

도시 한복판인데도 한남대 교정에 들어오면 밖과 확연하게 다른 맑은 공기가 느껴졌다. 그래서인지 별도 더 많은 듯이 느껴지는 것이다.

10시가 다 되어가는 시간인데다 방학 중이라 학생들의 모습은 보이지 않았다. 교정엔 그뿐이었다.

그가 휴대폰을 다시 귀에 가져다 댔다.

"쓸데없는 소리는 그만하고. 전화를 했으면 용건이나 말해. 나 바쁜 사람이야."

[씨바… 내 팔자야…….]

편정호는 투덜대며 말을 이었다.

[대전에 이상한 자들이 늘어나고 있다. 외국인들인데 국적도 다양해. 왜놈도 있고, 뙤놈도 있고, 쌀나라 양키에… 이건 좀 이해하기 어려운데, 러시아 놈들도 섞여 있는 것 같다.]

이혁의 미간이 좁아졌다.

대전은 인구 백만이 넘는 큰 도시다.

거주하는 외국인도 많았고, 관광객들도 적은 수가 아니

었다. 편정호가 그런 것도 모를 리는 없었다. 그럼에도 이상하다고 하면 뭔가 다른 외국인들과 구별되는 행동을 하는 자들을 발견했다고 보는 게 합리적이었다.

이혁이 물었다.

"뭐가 이상하다는 건데?"

[하고 다니는 꼬라지들을 보면 하나같이 마약공장에 볼일이 있는 놈들인 거 같거든. 게다가 그 자식들, 보통 훈련을 받은 놈들이 아냐. 우리 애들이 대전 토박이고 마약공장과 관련해서 유성회와 태룡, 그리고 상산을 감시하고 있던 덕분에 그자들을 알아차릴 수 있긴 했는데… 그 자식들이 이곳에 익숙하지 않은 덕도 좀 보긴 했지만. 아무튼 우리가 계속 주시하고 있었기에 가능했지, 그렇지 않았다면 감지하지도 못했을 자들이야. 대체 거기에 뭐가 있는 거냐?]

말을 하던 편정호가 진심으로 궁금해하는 기색을 숨기지 않으며 물었다.

이혁이 대답했다.

"모르는 게 약인 줄 알아. 알면 다쳐."

[씨바…….]

편정호의 목소리가 다시 무거워졌다.

[애들이 이상하다고 해서 나도 그 자식들을 보긴 했는데… 내가 볼 때 그 외국 놈들, 우리 같은 부류가 아니다.

내가 야쿠자, 삼합회, 러시안 마피아 쪽 애들까지 겪어봤
지만 그 자식들은 분위기가 달라. 아무래도 전문적인 훈
련을 받은 부류인 것 같다.]

"군이나 정보기관을 말하는 거냐?"

[느낌이 그래.]

"흠……."

이혁은 잠시 침묵했다.

편정호가 잘못 본 게 아니라면 문제는 간단하지 않았
다.

'그것들 때문일까……?'

대전이 대도시라고는 해도 여러 나라의 정보기관에서
노릴 만한 다른 무언가가 있을 거라는 생각은 들지 않았
다.

'이미 생명이 다했는데도 나를 곤란케 할 정도로 강력
한 힘을 발휘하는 존재라면… 노릴 만하겠지…….'

그들의 존재가 알려진다면 아마도 전 세계의 과학자들
이 입에 거품을 물고 한국으로 몰려들 것이다.

편정호가 말했다.

[일이 점점 커지는 느낌이다. 네게는 미안하지만 애들
은 철수시켰다. 그런 자들이 우글거리는 한복판에 투입하
기엔 너무 불안해서… 우리 애들이 주먹질 좀 하긴 하지
만 군대는 위병소 근처도 가보지 못한 놈들이다. 그런 자

들의 눈을 피하며 이곳저곳을 지속적으로 감시할 만한 능력 같은 건 없어.]

이혁은 혀를 찼다.

편정호가 이끄는 자들은, 대전에 익숙하지 않은 데다가 시은에게 부탁을 하고 싶지 않은 자신에게 많은 도움이 되었던 게 사실이다. 가능하면 그들이 계속 자신을 도와주었으면 싶었지만 더 이상의 부탁은 무리였다.

그조차 쉽게 상대할 수 없었던 괴물들이 이 일에 얽혀 있다. 일이 꼬인다면 편정호의 동생들 정도는 눈만 껌벅거리다가 시체가 될 터였다. 알면서 사지(死地)로 밀어 넣을 수는 없는 일 아닌가.

그가 말했다.

"알았다. 그동안 고생했다."

[와우, 너도 인사라는 걸 할 줄 아는 놈이었구나!]

휘이이익―

편정호가 불어대는 휘파람 소리가 귀를 파고들었다.

이혁은 인상을 찡그렸다.

"그러다 땅속에 묻히는 수가 있다."

뚝.

[크흠… 뭐… 그럴 수도 있는 거지… 그런 걸 가지고 협박을… 씨바…….]

편정호가 불퉁거리는 것이 눈에 보이는 듯해서 이혁은

풀썩 웃으며 물었다.

"하하하, 너도 빠질 거냐?"

[그럴 수야 있나. 시작했으면 끝을 봐야지.]

이번 일은 편정호가 존경했던 사람과 관련이 있었다. 그의 성격상 이쯤에서 뒤로 물러나는 건 불가능했다.

이혁이 미소를 지은 채 말했다.

"빠진다고 했으면 서운할 뻔했다."

편정호가 퉁명스럽게 말했다.

[서운하게 해줄까?]

이혁은 씨익 웃으며 대꾸했다.

"묻어주랴?"

[…동생들 몫까지 뛰려면 쌍방울에서 요령소리 나겠군.]

"고생해라."

[니기미…….]

전화가 끊겼다.

손에 든 휴대폰을 만지작거리는 그의 귀로 피곤에 전 젊은 여자의 목소리가 파고들었다.

"누구 고생시키고 있었어?"

이혁은 고개를 돌렸다.

이수하가 그의 등 뒤에 서 있었다.

그는 놀라지 않았다.

이미 그녀가 와 있다는 것을 알고 있었으니까.

그는 대답 대신 자신의 옆에 엉덩이를 털썩 붙이고 앉는 그녀의 얼굴을 들여다보며 말했다.

"다크써클이 10센티는 되겠네."

"그 정도야?"

이수하는 바람에 헝클어진 머리카락을 쓸어 올리고는 손가락으로 눈 밑을 문질렀다.

이혁의 말은 분명 과장된 것이었지만 사실에 가까웠다.

그녀의 눈 밑은 거무죽죽했고, 안색은 창백했다. 눈꼬리도 아래로 축 쳐졌고, 흰자위는 불그스름한 게 실핏줄까지 터진 듯했다.

그럼에도 그녀는 여전히 아름다웠다.

피로에 전 얼굴과 대충 걸친 티와 조끼, 그리고 며칠은 갈아입지 않은 듯 보이는 구겨진 청바지도 그녀의 미모와 굴곡진 몸매를 가리지는 못했다.

그녀의 직업을 생각하면 충분히 이해할 수 있는 모습이었다. 이혁도 머리로는 이해를 했다. 하지만 마음은 그렇지 않았다. 자신을 돌볼 시간을 내기도 어려울 만큼 바쁘게 사는 그녀가 왠지 안타까웠다.

그럼에도 이혁의 말투는 퉁명스러웠다.

"쩝… 몰골이 그래서야 덮칠 수도 없잖아."

이수하는 피식 웃으며 눈을 흘겼다.

'자기 여자라고 생각한 사람이 고생하는 꼴은 보기 싫다 이거지? 남자라는… 거겠지……'

이혁이 눈살을 찌푸린 속내를 짐작하는 건 어렵지 않았다. 그녀는 사람 마음 읽는 데는 도통한 경지에 다다른 베테랑 강력반 형사인 것이다.

"어이 고딩, 한번 그랬다고 너무 막 나가는 거 아니야!"

말투는 거칠지만 톤이 낮고 어감이 부드러웠다. 누군가 자신을 아껴준다는 건, 그것을 느낄 수 있다는 건 정말 기분 좋은 일이었다.

남녀가 살을 섞으면 이전과는 다른 관계가 된다. 밀착의 정도가 차원이 달라지는 것이다. 하지만 이수하는 그런 것에 연연하는 성격이 아니었다.

그녀가 거침없이 들이대는(?) 이혁을 거부하지 않고 받아들이는 건 그만큼 그녀가 그에게 정신없이 빠져들고 있기 때문이었다.

묘한 느낌을 받은 이혁의 피가 뜨거워졌다.

그는 심호흡을 했다.

빨라지던 심장고동이 조금씩 느려지며 원상태로 돌아왔다.

직후 그의 얼굴이 일그러졌다.

"고딩 소리 그만 좀 하지?"

저 소리 들을 때마다 그의 뇌리에는 시은이 떠오른다. 완전 자동반사다.

이수하의 입가에 드리워진 미소가 진해졌다.

"고딩을 고딩이라고 하지, 그럼 중딩이라고 하나?"

말로는 이수하를 이길 수 없다.

이혁은 속으로 한숨이 절로 나왔다.

'내 주변에 있는 여자들은 왜 하나같이 이렇게 개성들이 강한 거냐. 한 마디도 져주질 않는구만.'

이수하가 말을 이었다.

"왜 보자고 한 거야? 나 바빠. 11시에 회의가 있다구."

이혁은 어깨를 축 늘어뜨리며 고개를 푹 숙였다.

몇 분도 지나지 않았는데 자신이 편정호에게 한 말을 그대로 돌려받은 것이다.

이수하가 팔을 들어 이혁의 어깨동무를 하며 말했다.

"훗, 그렇다고 좌절한 거야? 천하의 미친개 이혁이?"

이혁은 고개를 돌려 이수하를 바라보았다.

그녀도 웃음기 어린 눈으로 그를 바라보고 있었다.

이혁이 갑자기 움직였다.

그는 와락 그녀의 허리를 감아 안으며 두툼한 입술로 그녀의 입술을 덮어버렸다. 그의 품으로 확 당겨오며 풀어진 그녀의 긴 머리카락이 이혁의 어깨를 덮었다.

"읍… 읍… 읍……."

놀란 이수하는 손으로 이혁의 가슴을 밀었다. 하지만 힘에 관한 한 둘째가라면 서러워할 사람이 이혁이다. 이수하도 10여 년 동안 운동을 게을리 하지 않은 여자였다. 그러나 힘으로 그를 압도하는 건 애당초 불가능했다.

결과, 이혁의 철벽같은 가슴은 1센티도 밀려나지 않았다.

서너 번 그의 가슴을 두드리던 이수하의 손이 조금씩 느려지더니 어느 순간 이혁의 목을 뱀처럼 휘감았다. 그리고 잡아당겼다.

두 사람은 마치 서로에게 더 많이 접근하지 못해 안달이 나기라도 한 사람들처럼 상대의 등을 강하게 잡아당기며 그 품으로 파고들었다.

입맞춤은 길었다.

"푸하!"

입술을 떼고 나서 이수하의 입에서 나온 첫 마디는 탄성과도 같은 헐떡임이었다.

"숨 막혀 죽는 줄 알았네."

"나는 목이 부러지는 줄 알았다구."

곱게 눈을 흘기는 이수하를 내려다보며 이혁이 말을 받았다. 그의 한손은 여전히 그녀의 허리를 안고 있었고, 다른 손은 목덜미를 꾹꾹 누르고 있었다.

"쿡쿡쿡."

이수하는 숨죽여 웃으며 이혁을 올려다보았다.

그녀는 이혁보다 키가 15센티미터 정도 작다. 앉은키도 당연히 더 작다.

허공의 한 점에서 마주친 두 사람의 눈빛은 불똥이 튀길 것처럼 뜨겁고 강렬했다.

이수하는 그의 목을 두르고 있는 손에 힘을 주었다.

한 뼘 정도 멀어졌던 이혁의 얼굴이 부딪칠 듯 그녀와 가까워졌다.

숨결이 서로의 뺨에 닿았다.

화상을 입지 않을까 걱정이 될 만큼 뜨거운 숨결이었다.

이혁은 그녀의 입술에 자신의 입술을 대며 말했다.

"참으라고 하지 마."

가슴을 파고드는 듯한 낮은 중저음.

이수하의 심장 박동이 빨라졌다.

이 마당에 그게 무슨 말이냐고 묻는다면 그건 정말 센스 제로다.

이수하는 외모와 달리 거침없는 성격이었다. 그러나 센스가 아예 없지는 않았다.

그녀가 말했다.

"피곤해 죽을 지경인데?"

말의 형식은 거절에 가깝지만 눈빛은 열에 들떠 있다.

이혁은 간단하게 그녀의 말을 무시했다.

"난 보고 싶어 죽을 지경이었다구."

이수하가 이혁의 가슴을 파고들며 말을 받았다.

"덮치고 싶어서가 아니고?"

이혁의 숨결이 조금씩 거칠어졌다.

"엎어 치나 메치나."

이수하가 눈을 동그랗게 떴다.

"깜박 잊고 있었어. 너… 때와 장소를 가리지 않는다는 십대였지……."

그녀가 너무 사랑스러워 이혁은 이를 악물었다.

그가 이수하를 만나려고 한 진짜 목적은 이게 아니었다. 그는 이수하에게 할 말이 있었다. 하지만 지금 그의 머릿속은 텅 비어 있었다. 하고자 했던 말 같은 건 어디로 가출했는지 한 마디도 생각나지 않았다.

인내심이 한계에 다다르고 있었다.

몸이 터질 것 같았다.

그가 작게 헐떡거리며 말했다.

"땀 좀 흘리면 피로가 풀릴 거야."

"말은……."

이혁은 이수하의 어깨를 안은 채 일어섰다.

그녀가 이혁의 가슴에 어깨를 기대고 걸음을 옮기며 말했다.

"넌 배려심이 부족해."

"그래서 싫다는 거야?"

"뭐… 그건 아니고…….""

이수하의 뺨이 붉어졌다.

"진짜 11시에 회의가 있어."

"흠… 바쁘겠는 걸."

다른 곳으로 이동할 시간은 없었다.

"진짜…….""

이수하는 이혁을 흘겨보았다. 하지만 그녀의 발길은 멈추지 않았다.

멀리 주차되어 있는 그녀의 차가 보였다.

11시에 열리는 수사본부의 전체 수사회의는 동부경찰서 형사과 당직팀 사무실에서 열렸다. 강력팀은 팀마다 사무실을 따로 쓰지만 당직팀은 하나의 사무실을 쓰기 때문에 장소가 넓어 회의에 적합했다.

당직팀만 쓰던 곳에 수십 명의 강력팀 형사들과 지방청 형사들까지 모여들자 그리 작지 않은 사무실임에도 시장바닥을 연상시킬 만큼 어수선해져 버렸다.

다닥다닥 붙어 있는 의자들 대부분이 찼다. 빈자리는 두어 개도 채 되지 않았다. 헐레벌떡 뛰어 들어온 이수하는 고리눈을 뜨고 인상을 찡그리는 최태영 팀장에게 눈인사를 하고 빈자리를 찾아 앉았다.

시간은 11시를 20초 정도 지나고 있었다.

수사팀 수뇌부는 보이지 않았다. 아직 형사과장 사무실에서 별도의 회의를 하고 있는 듯했다. 지각한 그녀에게는 천만다행한 일이었다.

최태영이 그녀를 불렀다.

"야."

"예, 팀장님."

최태영은 그녀의 머리끝에서 발끝까지 여러 번 아래위로 훑어보며 물었다.

"너, 일 안 하고 어디서 놀다 왔냐?"

영문을 알 수 없는 질문이라 이수하는 눈을 깜박이며 되물었다.

"예?"

"안색이 왜 그렇게 좋아? 떡 진 머리를 보니 사우나에 다녀온 것 같지는 않고… 몰래 보약이라도 먹고 왔냐?"

"떡 진……."

이수하는 머리를 만져 보았다.

최태영의 표현은 적절했다. 얼마나 땀을 흘렸는지 엉겨붙어 말라붙은 머리카락에서 소금기가 묻어날 지경이었다.

'내가 전생에 나라를 구한 게 틀림없어. 그렇지 않다면

혁이가 나를 좋아하는 게 설명이 안 되잖아. 손길이 어색한 걸 보면 경험이 없는 건 맞는데 어떻게 그렇게 잘하는 걸까? 그 짧은 시간에 세 번이나 날 기절시켰어…….'

이혁과 함께한 시간은 이십 분 정도에 불과했다. 하지만 아직도 어질어질했고, 그때 생각만 하면 숨결이 저절로 가빠지면서 몸에 열이 났다.

그녀가 말했다.

"뛰어와서 그렇겠죠. 피곤해 죽겠다고요."

"좋아서 죽을 것 같은 얼굴을 하고 피곤하다고 하면, 너 같으면 그 말을 믿겠냐?"

시큰둥한 대꾸다.

"사람 말을 좀 믿고 사세요. 믿음천국 불신지옥이라고 하잖아요."

그래도 최태영은 좀체 의심스러워하는 기색을 지우려 하지 않았다.

그가 말했다.

"다 같이 고생하는데 혼자 숨어서 맛있는 거 먹고 다니다가 내 눈에 들키면 곡소리 난다, 너! 명심해."

마지막 말은 작은 목소리였다.

이수하는 웃으며 대답했다.

"넵, 팀장님. 명심, 또 명심하겠습니다!"

최태영의 눈에 안쓰러워하는 기색이 스쳐 지나갔다.

아끼는 아이가 제대로 씻지도 못할 정도로 일에 치이는 모습이 마음 편할 리 없는 것이다.

'이번에 저놈 아비 만나면 한 소리 듣겠구만…….'

최태영이 상념에 잠겨 있을 때 이수하도 다른 생각에 빠져 있었다.

'위험하다고?'

헤어지기 전 이혁은 그녀에게 신신당부했다. 지금 수사하고 있는 살인사건은 절대 앞으로 나서지도 말고 혼자 다니지도 말아달라고. 그러면서 예감이 불안할 때는 언제든지 자신을 호출하라는 말까지 덧붙였다.

무슨 말이냐고 다그치고 싶었지만 이혁은 더 이상 설명하지 않고 떠났다.

형사과장을 비롯한 수사본부의 수뇌부가 사무실로 들어오는 것이 보였다. 하지만 그녀의 관심은 온통 이혁이 해준 이야기에 쏠려 있어서 그들은 눈에 들어오지도 않았다.

'이번 살인사건의 수법이나 용의자에 대한 내용은 철저하게 보안이 유지되고 있어. 그가 무언가를 알고 있을 가능성은 없…….'

그녀는 작게 한숨을 내쉬었다.

이혁은 공식적인 신분만 고등학생일 뿐이었다. 그녀가 아는 그의 능력은 결코 그 나이대의 사내가 가질 수 있는 것이 아니었다. 그리고 그가 보여준 능력도 전부가 아닐 거라는 데 그녀는 전 재산을 걸 용의도 있었다.

'그러고 보니 나는 그에 대해 아는 게 너무 없구
나……..'

서울에서 전학 온 학생, 사비고 2학년, 시크하고 무심
해서 가끔은 바보처럼 보일 때가 있는 성격, 경이적인 전
투력, 살인적인 그(?) 능력.

그녀가 아는 건 적지 않았다. 그러나 그것들은 대전에
온 후의 그일 뿐, 그의 집안이나 성장과정 같은 기본적인
부분은 아는 게 전혀 없다시피 했다.

누군가가 좋아지면 그에 대해 알고 싶어지는 건 자연스
런 수순이다.

'좀 알아볼까……?'

그녀의 눈이 반짝였다.

'그가 좋아하지 않겠지만 들키지 않으면 되지 뭐. 이번
사건 해결하고 나서 알아봐야겠다. 그건 그렇고… 그가
아는 게 무엇이기에 그렇게 심각한 얼굴로 조심하라고 한
걸까?'

이번 사건이 특이하고 위험하다는 거야 그녀를 비롯해
서 수사본부에 투입된 형사들 모두가 공감하는 것이었다.

수사를 하다가 살인사건의 용의자와 조우할 수도 있었
다. 어떤 상황이 펼쳐질지 알 수 없는 일이었고, 위험은
필연이었다.

하지만 이혁의 말투에 어려 있던 울림은 그런 류의 위험에 대한 경고가 아니었다. 그의 걱정 어린 말투에는 통상적인 위험의 범주를 벗어난 무엇인가에 대한 강한 우려와 경계심이 가득 했었다.

그녀는 바지 뒷주머니에 꼽아둔 휴대폰을 만지작거렸다.

헤어지기 전 이혁은 그녀의 휴대폰을 빼앗아 단축키 1번에 자신의 휴대폰 번호를 직접 저장했다.

'수사본부에 투입된 직원 중에 혁을 아는 사람은 없어. 그리고 겉으로 볼 때 고딩에 불과한 그에게 살인사건의 정보를 줄 직원도 없고. 다음에 만났을 때는 좀 더 많은 얘기를 해봐야겠다. 나이도 어린 게……. 홍! 무슨 생각을 하는지 속을 알 수가 없어. 어떨 때는 뱃속에 구렁이가 백 마리는 들어 있는 거 같다니까…….'

그녀는 가볍게 머리를 저어 잡념을 털어냈다.

형사과장 김우섭의 날선 시선이 자신을 향하고 있었다. 탐탁지 않아 하는 기색이 완연한 눈길이었다.

'인간… 뒤끝은… 쳇!'

그녀는 회의에 집중하기 시작했다.

*　　　　*　　　　*

"요새 고민이 너무 많은 거 같은 걸? 여전히 말해줄 생각 없는 거야?"

베란다 난간 기둥에 어깨를 기댄 채 어두운 거리를 바라보고 있는 이혁의 옆으로 다가선 시은이 물었다.

이혁은 씁쓸하게 웃으며 고개를 끄덕였다.

"내 일이야. 마무리되면 얘기해 줄 수 있을지도 몰라."

그는 이수하와 헤어진 후 하숙집에 돌아왔으면서도 안으로 들어가지 않았다. 복잡한 머릿속을 식힐 필요가 있었다.

시은이 곱게 눈을 흘겼다.

"얘기 안 해준다는 말이네."

"그렇게 되나? 흐흐흐."

이혁은 낮게 웃으며 다가선 시은의 어깨를 안았다.

자연스러운 손길이었고, 거기에 담긴 건 신뢰와 애정이었다.

시은의 눈이 동그래졌다.

그녀가 아는 이혁은 이런 식의 스킨십하고는 거리가 어마어마하게 멀었다.

여자는 예민하다.

시은은 이혁의 변화가 어디에 기인하고 있는지 어렵지 않게 알아차렸다.

그녀가 말했다.

"여자 친구… 좋아?"

이혁은 멋쩍은 미소를 지으며 그녀를 안은 손에 힘을 주어 품으로 당겨 안았다.

그에게 시은은 어머니이면서 누나였고 또 친구였다.

그녀가 그에게 차지하고 있는 비중을 따진다는 게 어떤 의미가 있는지 알 수 없었지만 억지로 무게를 매긴다면 그녀는 그의 목숨과 같았다. 스스럼이 있을 수 없는 관계 인 것이다.

그가 생각에 잠긴 눈으로 그녀를 내려다보며 대답했다.

"음… 뭐라고 해야 될지 잘 모르겠어. 좋은 건 당연한 건데… 뭐가 어떻게 좋은지 말을 하기는 어려워."

"좋겠다."

"응?"

"사랑을 하고 있는 거야, 혁이는."

"그런… 걸까?"

시은은 고개를 끄덕였다.

"소중히 해. 난 잘 모르지만 경험자들이 그런 말들을 하더라고. 있을 때 잘하라고."

그녀는 이혁의 여자가 누군지 안다. 자신보다 나이가 많은 여자라는 것도. 그러나 그녀는 거기에 대해 이혁에 게 아무 말도 하지 않았다. 일부러 하지 않은 게 아니라 그럴 생각 자체를 애당초부터 갖고 있지 않았다.

그녀는 평범한 여자가 아니다.

사선(死線) 위를 위태롭게 걷다가 목숨을 잃은 동료를 본 경험을 세려면 열 손가락도 모자랐다. 바라는 건 아니었지만 이혁 또한 사선 위를 걷는 남자였다. 그에게 일반적인 상식과 금기의 잣대를 들이댈 생각 따위는 전혀 없었다.

"하하하."

이혁은 낮게 웃었다.

웃음을 그친 그가 말했다.

"잘해주고 자시고 할 것도 없어. 얼굴 보기 힘들 만큼 바쁜 사람이라서."

시은은 이혁의 가슴을 부드럽게 두어 번 쓰다듬다가 찰싹 때렸다.

"아야!"

이혁이 가슴을 쥐며 죽는시늉을 했다.

시은이 그런 이혁을 곱게 흘겼다.

"벌이야, 나도 해보지 못한 걸 한."

이혁의 눈이 커졌다.

"설마……?"

시은은 살짝 볼을 붉히며 이혁의 품을 벗어났다.

그녀가 돌아서며 소리쳤다.

"오늘은 씻고 와서 봐준다. 들어와!"

이혁은 혀를 차며 코를 찡끗 거렸다.

"씻은 것까지 알아차리는 거야? 누나 코는 정말 개코인가 보네……."

그는 털레털레 시은의 뒤를 따라 집으로 들어갔다.

달빛이 밝은 밤이었다.

제3장

크게 확대된 수십 장의 사진이 화이트보드를 가득 채웠다.

사진이 촬영된 장소는 두 곳이었다. 하나는 사건이 발생한 현장이었고, 다른 곳은 사체부검실이었다.

사진은 남녀와 노소가 다양하게 포함된 일곱 구의 시신이 발견되었을 때부터 부검이 완료되는 시점까지의 흐름을 담고 있었다.

사진은 신중하고 세밀하게 촬영되었고, 눈이 닿을 만한 곳은 한군데도 놓치지 않았다. 그래서 사진을 보는 것만으로도 상황에 대한 기초적인 이해가 가능했다. 이해된 것을 받아들일 수 있는지 여부는 별개의 영역이었지만.

브리핑은 간략했다.

보고하는 사내는 레이저 지시봉으로 보드의 사진들을 하나씩 짚으며 꼭 필요한 것들만을 입에 담았다.

상황은 명백했다.

긴 설명이 필요 없는 것이다.

룸은 크지 않았다.

클 필요도 없었다.

안에 있는 사람이라고 해야 브리핑을 한 30대 중반의 사내를 포함해서 모두 여섯 명에 불과했으니까.

"…대전에서 발생한 두 건의 살인사건은 그 엽기성과 연속성이 심상치 않아 보입니다. 저는 본원에서도 검경을 서포트할 필요가 있지 않나 생각하고 있습니다. 그리고 나아가서 본원이 사건 전체의 총괄지휘까지도 고려하는 것을 건의드리는 바입니다. 이상입니다."

보고를 마친 사내는 간단한 목례와 함께 입을 닫았다.

"정보분석실은 그렇게 생각한단 말이지……."

속내를 짐작하기 어려운 중얼거림이 브리핑한 사내의 말을 받았다.

입은 연 사람은 중앙의 의자에 앉아 말없이 브리핑에 집중하고 있던 60대 후반의 사내였다.

단정한 반백의 머리와 약간 마른 듯한 얼굴, 먼지 하나 묻어날 것 같지 않은 감색의 정장.

묘한 기품과 활력이 묻어나는 외모의 사내는 그 중얼거림 이후 잠시 입을 열지 않았다. 그의 시선은 화이트보드에 붙어 있는 사진들에 고정되어 있었다.

그의 좌우에 둘씩 나뉘어 앉아 있는 사내들은 50대 중후반으로 보였는데 우측에 앉아 있던 사내가 중앙의 사내를 향해 입을 열었다.

"원장님, 김 실장의 의견에도 일리가 있지 않나 싶습니다."

원장이라 불린 사내의 시선이 말을 건 사내를 향했다.

"흠, 윤 차장이 그렇게 판단하는 이유를 듣고 싶군요."

국정원의 국내의 정보수집과 분석을 담담하고 있는 2차장 윤석구는 김인성 원장을 바라보며 속으로 하고자 하는 말을 다듬었다.

국정원장 김인성은 청렴하고 온화한 성품으로 하급직원에게도 말을 놓지 않을 만큼 직원을 존중했다. 당연히 안팎의 인망이 두터웠다. 하지만 그런 부드러움 이면에 얼마나 철저하고 냉혹한 직업의식이 자리 잡고 있는지 알 만한 사람은 다 알았다.

그는 업무와 관련해서는 한 치의 소홀함도 용납하지 않는 완전주의자였다.

어설픈 이야기는 그에게 씨알도 먹히지 않을 게 분명했다.

윤석구가 말문을 열었다.

"저는 이 사건에 대한 보고를 받고나서 처음 현장에 출동했던 대전 동부경찰서에서 작성한 초동수사 기록을 여러 번 검토하고, 해당서의 형사과장과 대전동부지청의 담당검사와도 통화를 해보았습니다. 초기에는 기록도 그렇고, 담당자들도 많이 혼란스러워하고 있다는 느낌을 받았습니다. 사건 자체가 전례를 찾을 수 없는 것이고, 현장에 용의자의 흔적이 전혀 남아 있지 않다는 것이 복합된 때문이었겠죠."

그는 잠시 말을 멈추고 김인성의 반응을 살폈다. 하지만 김인성은 평소의 담담함을 유지하며 그의 말에 귀를 기울이고 있을 뿐이었다.

윤석구는 말을 이었다.

"현재 대전 동부경찰서에는 대전청 주도하에 수사본부가 차려졌습니다. 동부서 형사과장은 단위 경찰서의 역량으로는 이번 사건의 해결을 기대하기 어려워 청에 도움을 구했다고 인정하더군요. 그리고 검찰은 경찰만큼 솔직하지 않았습니다."

이곳에 있는 사람들은 정보 분야의 탑클래스 베테랑들이다. 당연히 속마음을 읽을 수 있을 만한 표정변화를 보이는 사람은 없었다.

하지만 윤석구는 사람들이 자신의 말에 관심이 생겨나

고 있다는 것을 느꼈다.

그는 차분한 어조로 말을 이었다.

"그들은 일단 경찰 수사를 지켜보겠다는 입장입니다만, 속내는 직접 수사 지휘하는 걸 피하는 듯했습니다. 이렇게 엽기적인 사건을 접해본 경험이 없기는 검찰도 경찰과 다를 바 없습니다. 그들은 자신들이 경찰을 직접 지휘하는 모양새가 된 이후에도 사건 해결의 실마리가 나오지 않는다면 여론의 지탄이 자신들에게로 집중될까 우려하고 있는 듯합니다."

김인성은 고개를 끄덕였다.

윤석구의 추정은 충분히 일리가 있었다.

형사소송법상 검찰은 경찰에 대한 수사지휘 권한을 갖고 있고, 대부분의 대형사건은 직접 경찰을 지휘한다. 전화나 서면지휘, 그리고 현장직접참여나 담당경찰을 검찰청에 부르는 방식으로.

그러나 그들은 자신들이 경찰을 지휘했다는 걸 공개적으로 밝히려고 하지는 않는다. 경찰의 자존심을 고려해서이기도 하지만, 드러난 지휘는 지탄의 타깃이 되기도 한다는 걸 잘 알고 있기 때문이다.

검찰이 숨어버린 후 사건 해결이 안 되면 욕은 경찰이 다 먹는 게 우리나라 검경의 묘한 관계다. 그래도 수사지휘권과 고위직 인사청구권이 검찰에 있기에 경찰에서는 제대로 항의도 하지 못한다. 그래서 경찰이 정권 바뀔 때마다 수사권 독립을 목매어 외치는 것이고. 물론, 수사권 독립 주장의 이면에는 더 복잡한 이야기들이 많이 있긴 하지만.

아무튼 이런 유형의 사건은, 해결하면 영웅이 되겠지만 그렇지 못하면 져야 할 부담이 적지 않았다. 검찰이고 경찰이고 간에 가능하면 피하고 싶은 것이 속마음일 터였다.

피할 수 없다면 즐기라는 말도 있지만 이번 경우는 해당사항이 없었다. 즐기기엔 사건 내용이 지나치게 그로데스크한 것이다.

김인성이 물었다.

"그들이 곤혹스러워하기 때문에 우리가 개입해야 한다는 건가요?"

윤석구는 고개를 끄덕였다.

"그렇습니다."

"흠, 그것뿐이라면 제가 볼 때 좀 성급한 감이 있지 않나 생각됩니다만? 이유가 더 있겠지요?"

윤석구는 고개를 끄덕였다.

"물론입니다. 두 가지 이유 때문에라도 이번 대전 사건엔 저희가 능력 있는 직원들을 투입해야 한다고 생각하고 있습니다."

"두 가지요?"

"예, 첫 번째는 이번 사건이 통상적인 살인사건의 범주를 벗어난 것이기 때문입니다. 자료를 분석한 정보분석실에서는……"

윤석구는 브리핑을 한 정보분석실장 김희준을 슬쩍 보며 말을 이었다.

"이번 사건의 용의자가 인간이 아닐 수도 있다는 가정을 하고 있습니다."

김인성의 온화하던 얼굴이 진중해졌다.

"근거가 뭐지요?"

"김 실장은 현장에 용의자의 흔적이 전혀 남지 않은 점과 희생자들의 몸에서 피가 증발하듯이 사라졌다는 점을 들고 있습니다. 둘은 서로 깊이 연관되어 있습니다. 원장님도 사진에서 보셨다시피 희생자들에게 상처는 있으나 현장에 남은 혈흔은 전혀 없습니다. 그만한 양의 피를 한 방울 남김없이 뽑는 건 기계의 힘이 개입되어야만 가능합니다. 하지만 현장에는 그와 관련된 어떤 흔적도 남아 있지 않았습니다."

김인성이 손을 들어 윤석구의 말을 멈추게 했다. 그리고 김희준에게 물었다.

"김 실장은 그럼 용의자가 정말… 뱀파이어와 같은, 소설에나 나오는 유사인종, 혹은 초자연적 존재라고 생각하는 건가요?"

김희준은 정색을 하며 고개를 끄덕였다.

"그렇습니다, 원장님. 가능성을 배제하면 안 된다고 생각합니다. 뱀파이어는 아니더라도 인간적이지 않은 힘이 개입된 사건임에는 틀림없다는 것이 저희 분석실의 판단입니다."

"허……."

김인성은 이맛살을 찌푸리며 팔짱을 꼈다.

현실은 영화나 드라마가 아니다.

유사인종이나 초자연적 존재에 대해 연구나 조사하는 국가기관을 가진 나라는 미국과 러시아를 비롯한 몇몇 선진국을 제외하고는 거의 없다.

조사하는 국가들도 초자연적 존재, 초능력을 사용하는 초인에 대한 연구를 진행하고 있지만 가시적인 성과를 얻었는지는 미지수였다. 유사인종에 대해서야 말할 것도 없었고.

강대국들도 그런 사정인데 대한민국이야 말할 필요도 없었다.

민간에서 초자연적 존재를 연구하는 사람들이 있긴 하지만 사이비 취급을 당하는 게 현실이다.

당연히 국가기관에서는 그런 비과학적인(?) 존재나 힘에 대해서는 콧방귀도 뀌지 않는다. 예산도 없다. 한국적 상황에서는 그런 방면의 연구나 조사를 위한 예산을 승인해 줄 국회의원은 없다.

이 나라 정보기관의 수장인 김인성도 난감해할 수밖에 없는 것이다.

김인성을 향해 윤석구가 말문을 열었다.

"사실, 우리가 개입해야 하는 더 큰 이유는 용의자의 특이성 때문이 아닙니다."

"그럼 뭐지요?"

"미국이 이번 사건에 관심을 가진 듯합니다, 원장님."

윤석구의 대답을 들은 김인성의 얼굴에 놀란 기색이 떠올랐다.

"미국? 갑자기 그 나라가 왜 나오는 거죠, 2차장? 그들이 이런 작은 나라의 그것도 지방에서 발생한 살인사건에 왜 관심을……?"

말을 하던 김인성의 시선이 김희준에게 닿았다.

그가 신음처럼 낮게 중얼거렸다.

"초자연적 존재……."

윤석구가 그의 중얼거림을 받았다.

"맞습니다, 원장님."

김인성이 혼잣말하듯 윤석구에게 물었다.

"관심을 가졌다는 것이 CIA(중앙정보국)인가요, NSA(국가안보국)인가요?"

"둘 다인 듯합니다."

"둘 다?"

"그렇습니다."

"흠······."

김인성은 굳은 얼굴로 침묵했다.

미국은 정보 관련 국가기관이 많다.

겉으로 드러난 기관만 열거해도 16개에 달한다.

방금 전 윤석구가 언급한 두 기관은 미국의 많은 정보 기관 중에서도 핵심을 이루는 기관이라고 할 수 있다.

흔히 CIA라고 부르는 미중앙정보국(The Central Intelligence Agency)은 미국의 안보와 관련한 국내외의 정보수집과 위험요소를 제거하는 역할을 하는 첩보기관으로, 그리고 국가안보국(National Security Agency, NSA)은 암호해독과 통신, 정보시스템 관련 첩보를 수집하고 분석하는 기관으로 알려져 있지만 공히 둘 다 연간예산이 근 10조 원에 달하며, 진정한 업무 영역이 어디까지인지 알려져 있지 않은 세계최고를 다투는 정보기관들이다.

한국 내에서 CIA는 대북한 관련 정보에 집중하며 공조를 하지만 NSA가 정확히 어떤 활동을 하고 있는지는 알려져 있는 바가 없다.

윤석구가 침묵을 깼다.

"이번 사건이 접수된 초기에 검경이 보도를 통제하긴

했지만 그 방식은 상당히 느슨했습니다. 언론에서 다루지만 않았을 뿐 상당히 여러 경로를 통해 사건 내용이 전파된 것으로 보입니다. 그리고 그 과정에서 미국도 알게 된 듯합니다."

그가 1차장 박홍을 바라보며 말을 이었다.

"그에 대한 건 1차장께서 말씀해 주시지요."

국정원 1차장은 해외와 북한 관련 정보를 책임진 사람이다.

박홍이 고개를 끄덕이며 입을 열었다.

"아시다시피 미국의 정보보안 수준 때문에 제가 파악한 건 많지 않습니다, 원장님. 이 사건을 최초로 인지한 곳은 대사관인 것으로 보입니다. 그리고 그곳에 상주하는 CIA 요원이 동북아 지부에 보고했으며, 미국 고위층에서 NSA 쪽으로 초자연존재를 수사하는 것에 전문역량을 가진 요원의 파견을 요청했다는 정도가 현재까지 제가 파악한 것입니다."

김인성의 이마에 저절로 주름이 잡혔다.

대한민국 정보기관의 수장에게도 미국이란 버거운 상대였다. 사정이 어떻든 그들이 관심을 보인다면 긴장해야 했다.

윤석구가 그를 보며 박홍의 말을 이어받았다.

"원장님, 미국이 대전사건에 관심을 보이는 이유가 무

엇인지 정확하게 파악이 되지는 않은 상태이지만 저들이 관심을 보이는 것만으로도 우리가 이 사건에 개입해야 할 이유는 충분하다고 생각합니다."

"미국이라……."

김인성의 입에서 낮은 중얼거림이 흘러나왔다. 고민의 깊이를 짐작할 수 있을 정도로 무거운 목소리였다.

윤석구는 못들은 척 말을 이었다.

"대전사건의 용의자가 설령 초자연적 존재가 아니라 하더라도 미국이 먼저 그들의 정체를 파악한다면 우리나라의 망신일 뿐만 아니라, 만약 용의자가 초자연적 존재라면 미국이 우리보다 먼저 그들을 손에 넣게 되면 잃게 되는 게 무엇일지 가늠하기가 어렵습니다. 그러니까 후자의 경우에는 반드시 우리가 먼저 그들을 손에 넣어야 합니다."

말을 끝으로 윤석구는 입을 다물었다.

남은 건 결정이었다.

그리고 그 몫은 김인성의 것이었다.

지그시 눈을 감은 채 생각에 잠겼던 김인성이 눈을 뜬 것은 5분 정도 뒤였다.

그가 입을 열었다.

"1차장과 2차장은 대전 사건과 관련한 외국 정보기관들의 움직임을 체크해 주세요. 3차장은 두 분 차장을 서포트해 주시고요."

그때까지 조용히 듣고만 있던 3차장 이학민이 고개를 살짝 숙였다.

"알겠습니다, 원장님."

김인성이 윤석구를 향해 물었다.

"2차장, 이런 기괴한 사건을 조사할 수 있는 능력을 가진 인물이 있나요?"

사람들의 시선이 일제히 윤석구를 향했다.

윤석구는 국정원에서 공직을 시작한 인물로 수사파트에서만 30년을 일했다. 그래서 조직 내뿐만 아니라 다양한 분야에서 일하는 수사 분야 전문가들과 두터운 인맥을 맺고 있었다.

윤석구는 생각한 사람이 있는 듯 망설임 없이 대답했다.

"맡겨주신다면 믿을 만한 사람을 대전으로 보내겠습니다."

김인성은 고개를 끄덕였다.

"알아서 하실 줄 믿겠습니다. 그리고 이제부터 대전 사건과 관련된 모든 사항은 제가 직접 챙기겠습니다. 국내외를 막론하고 관련된 정보는 즉시 제게 전해주세요."

말을 마친 그가 자리에서 일어났다.

모두 일어나 그를 향해 정중하게 허리를 숙여 인사했다.

긴 회의가 끝난 것이다.

*　　　*　　　*

"변태 오빠!"

지수의 맑은 고음은 언제 들어도 듣기 좋다. 물론, 그녀의 부름을 받은 이혁은 전혀 그렇게 생각하지 않았지만.

"큭큭큭."

"우으읍."

억지로 웃음을 참는 사람들의 입에서 씹다만 밥풀이 이리저리 튀어 식탁 주변은 단숨에 폭탄 맞은 것처럼 변했다.

편정훈 사건 이후 벌써 넉 달이 넘게 계속되고 있는 호칭이라 이제는 이혁도 단련이 되었다.

그는 별다른 표정 변화 없이 씹던 음식을 삼키고는 입을 열었다.

"뒤끝 긴 꼬맹아, 왜?"

지수의 입술이 댓 발은 튀어나왔다.

그동안 이혁도 놀기만 한 건 아니었다. 꽤나 길고 지루한 관찰 끝에 그도 지수의 아킬레스건을 찾아냈다.

그건 지수가 아이 취급을 당하면 경기에 가까운 반응을

보인다는 것이었다.

이혁이 보기에 지수는 아직도 어린아이였다. 그래서 그 말에 왜 스트레스를 받는지 이해하기 어려웠다. 하지만 어쨌든 일방적이던 페이스가 그 단어로 인해 대등해졌다.

지수는 샐쭉해진 눈으로 이혁을 보며 말했다.

"나 꼬맹이 아니거든!"

소프라노 톤이다.

이혁은 지수를 본체만체하며 말을 받았다.

"부인한다고 현실이 바뀌는 건 아니다만 그렇게라도 스스로를 위로하고 싶다면 굳이 말리지는 않으마."

심드렁하게 어조다.

"큭큭큭."

"호호호."

낮은 웃음소리가 계속해서 났다.

매처럼 변한 지수의 눈길이 오 여사를 비롯한 식탁 주변에 앉아 있는 사람들을 차례로 훑었다. 레이저가 쏟아져 나오기라도 할 같은 눈빛이었다.

다들 찔끔한 기색으로 웃음을 삼켰다. 그래도 참기 힘든 듯 고개를 푹 숙이는 사람들이 태반이었다.

고개를 숙인 그들의 어깨가 쉴 새 없이 아래위로 오르락내리락했다.

그들을 씩씩거리며 노려보던 지수가 어쩔 수 없다는 듯

표정을 풀었다.

"다들 그래 봐. 아직 어린 내가 참고 넘어가 주긴 하는데, 계속 그렇게 나오면 후환을 걱정해야 할 걸."

참고 넘어간다고 하면서도 말투에 날이 섰다.

이혁은 이쯤에서 말을 받아주기로 했다.

어린애들을 계속 놀리면 결국 난감한 사태로 귀결된다. 우는 것이다.

그는 아이, 특히나 여자아이의 눈물이라면 감당할 자신이 전혀 없는 부류의 남자에 속했다.

흰 이를 드러내며 싱긋 웃은 그가 말했다.

"나한테 뭔가 할 말이 있는 거냐?"

이혁의 말투에서 타협의 기색을 읽은 지수의 얼굴에 미소가 떠올랐다.

"당연하지. 안 그러면 내가 오빠를 왜 불렀을까!"

"뭐… 그랬겠지. 뭔데?"

"오늘 오후에 시간 있어?"

"음… 특별한 일은 없긴 해. 왜?"

"나한테 시간 좀 내주면 안 될까?"

말을 하는 지수의 얼굴이 기대에 가득 차 있었다.

이혁은 어리둥절해졌다.

버스성추행 사건 이후 지윤, 지수 자매와 많이 친해지긴 했지만 밖에서 따로 만난 적은 없었다.

이혁은 그런데 전혀 관심이 없었고, 두 자매도 그럴 만한 일이 없었다.

지수가 말을 이었다.

"오늘 오후 7시에 유성구 도룡동에 있는 무역전시관에서 '샤크' 공연이 있어. '샤크' 알아?"

이혁이 어떤 사람인데 '샤크'가 누군지 알겠는가.

그는 단호하게 고개를 저었다.

"몰라."

지수는 안타까운 듯 한숨을 내쉬었다.

"에휴, 오빠가 그렇지 뭐. 7인조 남성 가수그룹이야. 요새 인기가 상한가라고."

"그런데?"

"음… 친구들하고 그 공연에 가기로 했는데 다들 남자친구하고 같이 온대. 나까지 다섯인데 나만 남친이 없어. 두 시간만 내 남친겸 보디가드 해주면 안 돼?"

"……."

이혁은 잠시 입을 열지 못했다.

생각지도 못했던 요구였기 때문이다.

"나… 남친 겸 보디가드? 그것도 공연에?"

"응."

지수는 천진난만한 얼굴로 고개를 끄덕이며 말을 이었다.

"어차피 오빠는 할 일 없는 백수나 마찬가지잖아. 공부를 하는 것도 아니구, 여친이 있어서 어디 놀러 갈 것두 아니구."

내용으로 보자면 야멸치기 그지없다. 하지만 말투는 비꼬는 게 아니어서 대응하기가 쉽지 않았다.

그래서 이혁은 할 말을 잃었다.

"……."

"큭큭큭."

"어후후."

말을 잃은 이혁과 웃음을 참는 여인들의 가는 헐떡임이 식탁 주변을 지배했다.

채현이 부드러운 눈빛으로 이혁을 보며 말했다.

"오빠, 특별히 할 일이 없으면 지수와 함께 공연에 가 보는 게 어때? '샤크' 공연이라면 나쁘지 않을 것 같아."

말없이 웃으며 지수와 이혁의 대화를 지켜보던 오 여사가 끼어들었다.

"지수야, '샤크'라면 요즘 한창 뜨고 있는 남성 아이돌 그룹 맞지?"

"응."

"여자 아이돌도 아닌데 혁이가 괜찮을까?"

오 여사는 이혁의 눈치를 살짝 살펴보았다.

말투는 괜찮을까 그러지만 같이 가주었으면 하는 기색이

노골적으로 드러나 보이는 눈빛이었다.

이혁의 좌우에 앉아 있던 시은과 미지가 동시에 그의 옆구리를 쿡 찔렀다.

시은이 들릴 듯 말 듯 조곤조곤한 목소리로 이혁의 귀에 속삭였다.

"거절하면 내일 아침부터 반찬이 달라질 거 같지 않아? 너 때문에 우리까지 영양실조에 걸릴 수 있다고."

이혁은 혀를 찼다.

이쯤 되면 거절이 불가능하다.

후환을 감당할 수가 없는 것이다.

그는 잠시 탁자를 내려다보며 생각에 잠겼다.

'10시 전에 지수를 집에 대려다놓기만 하면 되겠지. '그것'들의 처리는 어차피 새벽에 할 생각이었으니까 상관없겠다.'

며칠 동안의 은둔치료(?)로 정체를 알 수 없는 '그것'들과의 싸움에서 입은 내상은 완전히 치유되었다.

몸 상태를 완전하게 만든 후 행하고자 마음먹었던 일을 처리할 수 있게 된 것이다.

그는 오늘 밤 마약공장을 방문할 생각이었다.

그의 속을 알 수 없는 여자들은 그가 보디가드 역할을 수락할 것인지에 대한 고민을 하는 거라고 생각했다.

그는 고개를 끄덕였다.

"알았어. 어디로 가면 되냐?"

"6시 반쯤 과학공원 서문 앞에서 만나. 거기서 무역전 시관은 10분 거리밖에 안 돼."

"알았다."

이혁은 떨떠름한 어투로 대답했다.

그는 '샤크' 라는 아이돌 그룹의 이름을 지금 이 자리에 서 처음 들었다. 다른 아이돌 그룹이라도 마찬가지였을 것이다. 그런 쪽으로는 아예 관심이 없었으니까. 그는 노래를 듣는 취미 자체가 없었다.

드라마나 영화를 봐도 액션이나 스릴러 장르나 보는 그였다. 아이돌 그룹의 노래라니. 매칭점이 전혀 없는 취미 생활인 것이다.

시은이 이혁의 어깨에 손을 턱하니 얹으며 말했다.

"좋은 기회야. 넌 또래와 어울리면서 일상생활을 즐길 필요가 있어. 연하면 더 좋고."

다들 눈을 동그랗게 떴다.

시은의 말에 뭔가 숨은 뜻이 있는 듯 느껴졌기 때문이다. 하지만 그녀들은 곧 흥미를 잃었다. 시은이 설명을 해주지 않는 한 그녀들이 말에 숨어 있는 의미를 파악하는 건 가능한 일이 아니었으니까.

반면 이혁은 혀를 차며 속으로 한숨을 내쉬었다. 당사자인 그는 시은의 말에 담긴 의미를 단숨에 알아들을 수 있었다.

그사이 밥공기가 텅 비었다.

이혁은 자리에서 일어났다.

여자들만 남은 식탁엔 뭐가 그리 재밌는지 웃음꽃이 만발했다.

오후에 예정에도 없던 애보기를 하게 생긴 이혁만 입맛이 썼다. 하지만 그런 한편으로 그는 지금 이 순간이 정말 소중했다.

평범한 일상.

몇 년간 그가 잊고 살았던 것, 다시 찾을 수 있을 거라는 기대를 일찌감치 접고 있던 그것을 이 하숙집이 되찾아주고 있었기 때문이다.

*　　*　　*

모니터에는 수십 개의 유리관이 수직으로 서 있는 실험실이 비춰지고 있었다. 흰 가운을 입은 사람들이 바쁘게 유리관을 점검하고 있었고, 일부는 안쪽에 마련된 두 개의 오래된 캡슐을 보며 무언가를 하고 있었다.

"다이키는 자기가 무슨 짓을 하고 있는지조차 모르고 있구만."

흑백이 극명하게 대비되어 사람의 것으로 여겨지지 않

는 눈으로 모니터를 들여다보고 있던 사내의 입에서 낮은 목소리가 흘러나왔다.

담담했지만 묘하게 비웃는 듯한 기색이 느껴지는 어조였다.

그가 앉은 커다란 의자 오른쪽에 공손하게 시립해 있던 중년인이 말을 받았다.

"그에게 전해질 때부터 자료는 불완전했습니다. 사실, 그가 저만큼의 성과를 낼 수 있을 거라고는 생각지 못했었습니다, 주인님."

사내는 고개를 끄덕이고는 옆의 탁자 위에 놓여 있는 땅콩 몇 개를 집어 입에 넣고 우물우물 씹었다.

따닥따닥.

그의 입안에서 땅콩이 으깨지는 소리가 작게 났다.

사내의 입가에 희미한 미소가 떠올랐다.

가지런한 흰 이가 살짝 드러났다.

그가 중얼거렸다.

"역시 젊은이가 좋구만."

말투는 노인의 그것이었다. 그러나 그의 외모는 말투와 전혀 어울리지 않았다.

사내의 나이는 많게 보아도 이십대 중반을 넘지 않았다.

어깨를 덮은 머리카락은 빛이 날 듯한 백금색이었고,

피부는 주름은커녕 잡티 하나 보이지 않았다. 깨끗하게 뻗어나간 백금색의 짙은 눈썹과 바다를 닮은 푸른 눈의 선은 멋이 있었고, 조금 가늘다 싶지만 우뚝 선 콧날과 우아한 입술의 선은 갸름한 얼굴과 완벽한 조화를 이루었다.

금빛으로 수를 놓은 가운을 걸친 그의 키는 컸다. 의자에 앉아 있음에도 언뜻 190센티미터 정도는 되어 보였다. 그만큼 팔다리도 길었고, 땅콩을 집는 손가락도 길었다.

가벼운 동작 하나하나에도 우아함이 자연스럽게 배어 있어 오랫동안 귀족 교육을 받은 유럽의 정통 귀족가의 인물로 보일 정도였다.

사내도 자신의 말투와 외모가 어울리지 않는다는 것을 느낀 듯했다.

"훗……."

그의 입술 사이로 바람 빠지는 듯한 웃음소리가 났다.

그가 시립해 있는 중년인을 불렀다.

"사토."

"예, 주인님."

백금발의 청년이 싱긋 웃으며 모니터를 눈짓으로 가리켰다.

"다이키를 좀 놀라게 해주게. 리쿠에게 전해질 만한 정도면 되지 않을까 싶구만."

별다른 설명은 없었다. 하지만 사토라 불린 사내는 청

년의 말을 어렵지 않게 이해한 듯 망설이지 않고 고개를 끄덕였다.

"알겠습니다, 주인님."

청년의 입가에 드리운 미소가 진해졌다.

그가 입맛을 다시며 말했다.

"오랫동안 잠을 잤더니 피가 그립구만."

"만족하실 수 있도록 준비하겠습니다, 주인님."

청년의 푸른 눈이 기묘한 빛을 발했다.

"기대하고 있겠네."

모니터가 꺼지며 청년은 눈을 감았다.

사토는 청년을 향해 공손하게 허리를 숙였다. 그리고 등을 돌렸다.

방을 나서는 그의 걸음에서는 아무런 소리가 나지 않았다. 마치 허공을 걷고 있기라도 한 듯했다.

제4장

서울 종로의 카페 '리마'.

오후 4시가 지난 시간, 거리엔 바쁘게 오가는 사람들로 가득했다. 하지만 카페 안은 한산했다. 연인으로 보이는 두 쌍의 젊은이들과 홀로 앉아 있는 삼십대의 사내, 장석주가 있을 뿐이었다.

매직유리로 된 창밖에 시선을 주고 있던 장석주의 고개가 움직였다.

깔끔한 감색 정장을 입은 삼십대 초반의 사내가 그에게 다가오고 있었다. 슈트로는 다 가리지 못하는 단단한 어깨와 두툼한 가슴, 똑바로 마주쳐 오는 날카로운 눈매가 인상적인 삼십대 초반의 사내였다.

사내는 그의 앞에 섰다.

"성일택이라고 합니다."

정중하게 고개를 숙여 인사한 성일택은 허리를 폈다.

그를 보는 장석주의 눈빛은 모호했다. 속내를 짐작하기 어려운 눈이었다.

장석주는 눈짓으로 맞은편 의자를 가리켰다.

성일택이 앉아 자세를 잡는 것을 본 장석주가 입을 열었다.

"혈해(血海:See of Blood, SOB)에서 우리를 찾을 거라고는 생각지 못했소."

성일택의 입가에 쓴웃음이 떠올랐다. 그는 장석주의 두 눈을 똑바로 쏘아보았다.

그는 장석주와 초면이었다. 그러나 낯설지는 않았다. 그가 속한 세계에서 장석주는 상당한 유명 인사였기 때문이다.

'이자는 입이 무겁고, 손에 인정이 없으며, 말을 돌리는 것을 좋아하지 않는 성격으로 알려져 있다. 이런 자는 솔직하게 상대하는 것이 낫다.'

이 자리에 나오기 전 그는 모용산으로부터 협상의 전권을 위임받았다.

마음을 정한 그가 입을 열었다.

"소당주님께서는 진혼(鎭魂:Repose of Souls, ROS)

의 도움이 필요합니다."

장석주의 눈이 번뜩였다.

"소당주? 혈해의 장손인 모용산 소당주가 이 나라에 들어와 있는 거요?"

성일택은 고개를 끄덕이며 대답했다.

"그렇습니다."

장석주의 안색이 진중해졌다.

그가 아는 한 혈해의 중추인 모용가문의 직계가 중국내륙을 벗어나는 경우는 극히 드물었다. 10년에 한 번 있을까 말까 할 정도였으니 두말이 필요 없었다. 더구나 다음 대의 모용가를 책임질 소당주가 전투요원을 동반한 외유는 없다시피 한 일이었다.

'혈해의 소당주가 직접 우리나라로 들어올 만한 일이 뭐가 있을까……?'

잠시 생각에 잠겼던 그의 눈빛이 강해졌다.

그가 툭 던지듯 말했다.

"앙천(殃天:Sky of Disaster, SOD)의 중요인사가 이 나라에 들어와 있는 거로군. 맞소?"

"그렇습니다."

성일택은 선선히 시인했다.

장석주의 추측은 정확하고 빨랐다. 하지만 성일택은 그 정도로 감탄하거나 하지는 않았다. 쉽지 않은 일이지만 모용가와 적가의 관계를 잘 알고 있는 장석주에게는 추정이 불가능할 정도로 어렵지는 않다는 걸 알고 있었기 때문이다.

장석주가 재차 물었다.

"누구요?"

"적운기입니다."

"적운기!"

장석주는 성일택이 말한 이름을 낮게 되뇌었다. 그의 무표정하던 얼굴빛이 살짝 변해 있었다. 크게 놀란 것이다.

그는 미간을 찡그리며 물었다.

"적운기라면 앙천의 핵심인 적가의 장손이지 않소?"

"그렇습니다."

성일택의 대답을 들은 장석주가 단정 짓듯 말했다.

"도움이라면, 적운기를 저격하는데 문제가 생긴 것이로군."

성일택은 말없이 고개를 끄덕였다.

장석주의 질문은 여러 단계를 건너뛰었다. 그러나 장석주도 성일택도 그것을 전혀 어색하게 생각하지 않았다.

그럴 수밖에 없었다.

혈해와 앙천은 서로 같은 하늘을 이고 살지 않겠다고 맹세한 지 이미 60여 년에 이르는, 불구대천의 원수지간이나 다름없는 관계였기 때문이다.

그들은 상대를 발견하는 즉시 살육전에 돌입했다.

어떤 경우에도 예외는 없었다. 그리고 세대가 두 번이나 바뀌었음에도 상대에 대한 그들의 적의는 조금도 수그러들지 않았다.

장석주의 눈이 가늘어졌다.

혈해의 인물들, 특히나 모용가의 장손 정도 되는 거물이 중국을 떠난 적이 드문 것처럼 앙천 또한 마찬가지였다.

"적운기가 우리나라로 들어온 이유가 무엇인지 말해줄 수 있소?"

성일택은 고개를 저었다.

"알아도 말씀드리기 곤란하겠지만 우리도 그에 대해서는 아는 바가 없습니다. 단지 그가 무엇인가를 찾고 있다는 정도만 파악했을 뿐입니다."

장석주는 팔짱을 꼈다.

그의 머릿속이 복잡해졌다.

성일택은 장석주의 사색을 방해하지 않았다. 그의 입장을 충분히 이해할 수 있었기 때문이다.

그가 속한 조직 '혈해'와 장석주가 속한 조직 '진혼'은 서로의 존재를 알고는 있어도 교류를 한 적은 없었다. 뜻은 같았지만 목표가 달랐고, 활동하는 지역도 겹치지 않아

만날 기회도 없었다.

그런 두 조직이 손을 잡고자 하는 것이 이번 만남의 목적이었다. 그것도 '앙천'의 직계를 저격하기 위한 일, 성공하든 실패하든 '진혼'이 떠안아야 할 부담은 만만찮았다.

결정을 하기 전에 장석주가 고려해야 할 것들이 한두 가지가 아님은 당연했다.

장석주의 흔들림 없는 시선이 성일택을 향했다.

그가 천천히 입을 열었다.

"당신의 제안이 어떤 의미를 갖고 있는지는 잘 알고 있으리라 생각하오. 우리가 당신들을 돕는다면 당신들은 우리에게 무엇을 줄 수 있소?"

" '태양회'와 '타이요우'에게 받은 타격에서 아직 회복되지 않았다고 알고 있습니다. 특히 자금 측면에서 큰 곤란을 겪고 있다고 들었습니다. 소당주님께서는 '진혼'이 우리를 도와준다면 그 부분에서 도움을 주실 수 있다고 말씀하셨습니다."

장석주의 눈이 깊게 가라앉았다.

진혼의 내부사정을 다른 나라에 있는 '혈해'가 알고 있다는 것은 상당히 의외였다. 그것은 혈해의 수뇌부가 진혼에 대해 '관심'을 갖고 있을 뿐만 아니라 대단한 '정보력' 또한 보유하고 있다는 걸 의미했다.

그는 속으로 탄식했다.

3년 전 있었던 전투로 인해 '진혼'은 많은 것을 잃었고 조직의 적지 않은 부분이 외부로 드러났다.

혈해가 얻은 심층정보 또한 그때 확보한 것이리라.

기분이 좋을 수 없는 일이었다.

그가 입을 열었다.

"'혈해'는 오랫동안 타이요우에 대한 정보를 축적했다고 들었소. 자금과 타이요우에 대한 정보제공에 동의한다면 당신들을 돕겠소."

성일택의 이마에 주름이 생겨났다.

"타이요우에 대한 것은 저의 재량권 밖입니다. 잠시 실례하겠습니다."

그는 호주머니에서 휴대폰을 꺼내며 자리에서 일어났다.

장석주는 고개를 끄덕였다.

밖으로 나간 성일택이 누군가와 통화하는 것이 보였다.

그의 전화상대는 모용산일 터였다.

혈해의 차대 당주인 모용산은 타이요우에 대한 정보제공여부를 결정할 수 있는 권한을 가지고 있었다.

잠시 후 성일택이 돌아와 앉았다.

"소당주님께서 허락하셨습니다."

장석주의 눈이 번뜩였다.

그는 오른손을 내밀었다.

"최선을 다해 돕겠소."

그의 손을 마주잡은 성일택이 고개를 숙였다.

"감사합니다."

악수한 손을 놓은 장석주가 물었다.

"적운기는 지금 어디에 있소?"

"대전입니다."

성일택의 대답을 들은 장석주의 안색이 돌처럼 딱딱해졌다.

*   *   *

대전 동구 중동의 주택가.

미로처럼 이리저리 길이 갈라진 골목길 귀퉁이에서 서성이던 사내가 얼굴을 일그러뜨렸다.

"니기미 씨부럴… 좆또……."

한여름인데도 팔목까지 오는 셔츠를 입은 그는 연신 손수건으로 얼굴을 닦아대며 욕을 해댔다.

탁한 쇳소리가 섞여 있어 듣기만 해도 신경을 곤두서게 하는 목소리였다.

키가 작고 말라서 날렵한 인상의 그는 더위에 강한 체질이었다, 그 때문에 이번 일에 투입될 수 있었고. 그러나

30도를 넘나드는 한여름의 무더위 아래서 다섯 시간 넘게 서 있자 그도 몸이 녹초가 되는 걸 피하지 못했다.

그나마 오후가 되면서 햇살이 약해진 탓에 조금 견딜 만해졌다.

그가 서 있는 골목길 양편으로 2층 단독주택들이 즐비하게 늘어서 있었다.

그는 손목시계를 힐끔 보았다.

"주영이 새끼는 왜 이렇게 늦어. 선배가 뻗치기 하고 있으면 교대 시간이 되기 전에 총알같이 달려와야지."

투덜거리는 그의 눈에 물고기비늘 같은 살기가 희번덕거렸다.

가뜩이나 참을성이 부족한 그였다. 극심한 더위로 인해 그의 인내심은 한계에 도달하고 있었다.

호랑이도 제 말하면 온다던가.

그의 말이 끝나기도 전에 골목길 끝에서 180센티에 120킬로는 되어 보이는 거구의 청년이 나타났다. 그는 손으로 이마를 훔치며 뛰듯이 마른사내의 앞으로 뛰어왔다. 그리고는 두 팔을 척 내려뜨리고 허리를 90도로 꺾었다.

"형님, 늦었습니다. 죄송합니다."

청년은 체구만큼이나 목청이 컸다.

마른사내의 눈빛이 독해졌다.

퍽!

그는 구두 앞굽으로 거구청년의 정강이를 세게 걷어찼
다.

"죄송할 일은 하지 않으면 되잖아, 새끼야!"

거구청년은 정강이 살이 움푹 패는 듯한 고통을 느꼈지
만 내색을 하지 못했다. 아픈 시늉이라도 하면 몇 대 더
맞을 거라는 걸 경험으로 알고 있는 때문이었다. 마른사
내의 체구는 그의 반밖에 되지 않았지만 수틀리면 연장부
터 휘둘러대는 꼴통이었다.

"죄송합니다, 형님. 다음부터는 조심하겠습니다."

마른사내가 더는 거구청년에게 뭐라 하지 않았다. 대신
인상을 찡그리며 혼잣말로 중얼거렸다.

"대체 차도 들어오지 못하는 외진 구석에 웅크린 초짜
새끼들을 왜 감시하라는 거야?"

그는 말을 하며 턱에 매달린 땀방울을 훔쳐 냈다.

팔을 들어 올릴 때 아래로 말리는 셔츠의 소매 사이로
팔뚝을 온통 휘감은 문신의 끝자락이 드러났다.

그의 시선이 닿은 주택은 담쟁이넝쿨로 뒤덮인 2층 주
택으로 골목 가장 안쪽에 자리 잡고 있었다.

색이 바랜 푸른 대문은 듬성듬성 녹이 슬어 있었고, 그
너머로 얼핏 보이는 정원은 잡초가 무성했다. 창마다 쳐
진 두터운 커튼으로 인해 내부도 볼 수 없었다. 하지만 사

람이 없는 건 아니었다. 가끔 커튼이 움직이며 그 사이로 사람의 눈이 드러났기 때문이다.

그럴 때마다 마른사내는 골목 담장에 몸을 숨겼다. 하지만 아주 조심스러운 몸짓은 아니었다. 긴장하고 있지 않았기 때문이었다.

마른사내에게 지시를 한 자는 대상을 감시해야 하는 이유를 말해주지 않았다. 그도 지시를 받았을 뿐 이유를 몰랐던 것이다.

영문조차 모른 채 감시를 하는데 긴장하는 건 어려운 일이었다. 게다가 감시의 대상이 거주하고 있는 주택은 차량을 이용하기 어려운 여건을 가지고 있었다.

골목이 너무 비좁아 차가 들어가지 못했고, 주차 가능한 장소는 주택에서 100미터가 넘게 떨어져 있었다.

마른사내는 이런 곳에 은신하는 부류가 어떤 자들인지 잘 알고 있었다.

이런 부류는 담장을 넘고 골목을 비호처럼 내달을 자신이 있는 자들이나 이런 곳에 숨는다. 발이 빠르고 몸이 가볍지만 호주머니에 돈도 없고 뒷배도 없는 자들인 것이다. 결국 조직에 속한 자들은 아니라는 뜻이었다.

대전의 암흑가를 석권한 유성회 정식 조직원인 자신이 그런 자들을 감시하는 것 자체도 맘에 들지 않는데 긴장을 할 턱이 없었다.

"딴짓하지 말고 잘 봐, 새꺄. 헛짓거리하다 놓치기라도 하면 목줄을 따버릴 테니까."

마른사내의 신경질적인 한마디에 거구청년의 몸이 뻣뻣해졌다.

"옙, 형님!"

마른사내가 거구청년의 가슴을 손으로 한 번 툭 치고 돌아섰을 때였다.

"지랄도 니들 정도면 쇼다. 양아치 새끼들이 아주 꼴값을 떨고 있네."

나직한 웃음소리와 함께 그림자 하나가 마른사내가 등을 보이고 섰던 담장을 훌쩍 넘어왔다.

발음이 묘했다.

토종이 아니라 북쪽 사투리가 섞인 듯했다.

안색이 변한 마른사내와 거구청년이 한 걸음 뒤로 물러서며 경계의 자세를 취했다. 하지만 그들의 반응은 너무 늦었다.

퍼퍽!

샌드백을 두드리는 듯한 소리가 두 번 나며 얼굴이 노랗게 변한 마른사내와 거구청년이 가슴과 배를 움켜쥐며 그 자리에 널브러졌다.

나타난 사내의 입꼬리에 비웃음이 걸려 있었다.

그는 쓰러진 두 사람의 뒷덜미를 잡고는 질질 끌며 그들이 감시하던 2층 주택으로 걸어갔다. 파란 대문이 열리며 안쪽에서 두 명의 사내가 걸어 나왔다. 그들은 처음 나타난 사내를 도와 마른사내와 거구청년을 주택 안으로 들여놨다.

촤악!

한 동이의 찬물을 전신에 뒤집어쓴 마른사내 박봉수는 머리를 흔들며 눈을 떴다.

가장 먼저 그의 시야에 들어온 것은 하얗게 빛나는 백열등이었다. 뒤를 이어 의자에 앉아 무심한 눈으로 자신을 보고 있는 젊은 사내의 모습이 보였다.

검은 슈트 차림의 그는 많아봐야 서른도 채 되지 않은 듯싶은 나이였다. 가는 눈이 흠이었지만 피부가 하얗고 흔히 보기 어려운 미남이었다.

박봉수는 자신의 처한 상황을 대번에 알아차렸다.

의자에 앉은 그는 손발이 묶여 옴짝달싹 못하는 처지였다. 고개를 돌려 우측을 보자 거구의 청년, 그의 3년차 후배인 고창호가 보였다.

그의 안색이 퍼렇게 질렸다.

고창호는 그와 처지가 달랐다.

그는 앉아 있는 게 아니라 누워 있었다, 쩍 벌어진 목에서 피를 콸콸 흘리며.

가슴과 배의 기복이 전혀 없었고, 손발도 움직이지 않았다. 하긴 피를 한 양동이 넘게 쏟아내고 살아 있을 사람이 있을 턱이 없었다.

그의 전신이 부들부들 떨렸다.

마치 돼지 목을 딴 듯한 고창호의 모습은 그에게 극심한 공포를 불러일으켰다.

그때 맞은편에 앉아 있던 사내가 입을 열었다.

"굳이 둘이나 필요할 것 같지는 않아서 말이야."

"왜… 왜… 이러십니… 까……?"

박봉수는 떨어지는 않는 입을 간신히 열어 물었다.

검은 양복의 미남은 가지런한 치열을 드러내며 싱긋 웃었다.

"그건 내가 묻고 싶은 말인데? 어디 소속이냐?"

박봉수는 멈칫했다.

숨기려고 했던 건 아니었다. 그저 6년이나 몸담았던 조직에 대한 충성심이 일시지간 공포를 억누른 때문이었지. 하지만 그 대가는 컸다.

미남의 입가에 드리워진 미소가 진해졌다.

"강골 흉내를 내고 싶은가 보네?"

그 말이 떨어짐과 동시에 박봉수는 오른손에서 끔찍한 고통이 전해지는 것을 느끼며 절로 새된 비명을 내질렀다.

철컥!

"크아악!"

그의 뒤에 커다란 가위를 들고 서 있던 사내가 발로 무언가를 툭툭 찼다.

박봉수의 앞으로 잘려 나간 넷째와 다섯째 손가락이 굴러왔다.

그는 일시지간 무슨 일이 벌어졌는지 이해하지 못했다. 충격과 고통이 너무 커 사고가 마비된 것이다.

잠시 후 상황을 인지한 그의 안색이 노랗게 변하며 입가에 침이 줄줄 흘러내렸다. 뒷골목을 전전하며 남의 손을 자른 경험은 몇 차례 있었지만 잘려 나간 자신의 손가락을 보는 경험은 그도 처음이었다.

미남은 지루하다는 얼굴로 박봉수의 반응을 지켜보다가 불쑥 말했다.

"또 멈칫거리면 그때는 손목을 잘라주지. 어디 소속이냐?"

나른하게까지 느껴지는 목소리.

하지만 박봉수는 사내의 말이 진심이라는 것을 믿어 의심치 않았다.

몸으로 겪은 뒤인 것이다.

그는 부들부들 떨리는 입술을 열기 위해 안간힘을 다했다.

"저는… 유성회 식구인… 박봉숩니다."

목소리가 붕 떠 있었다.

미남은 눈살을 찌푸렸다.

"유성회?"

그는 한국 땅을 밟은 지 며칠 되지 않았다, 대전은 처음이었고. 당연히 유성회가 무엇하는 곳인지 알지 못했다.

"그게 뭐냐?"

박봉수는 침을 삼켰다.

이곳에는 그 말고도 세 명의 사내가 있었다. 눈앞의 미남과 그 뒤에 장승처럼 서 있는 사내, 그리고 자신의 뒤에 서 있는 가위를 들고 서 있는 사내였다.

이들에게서 전해오는 느낌은 남달랐다. 그리고 박봉수는 그 느낌이 낯설지 않았다. 유성회에도 이들과 비슷한 느낌을 풍기는 자들이 있었다.

그들은 하나같이 회장인 최일의 측근이었다. 생김새도 제각각이고 개성도 달랐지만 그들에게는 공통점이 있었다, 사람을 죽여본 적이 있다는 것.

박봉수는 눈앞의 사내들이 최일의 측근들과 구별되는 차이점이 있다는 것도 깨달았다.

이들의 기세는 잘 벼린 칼날처럼 날카로웠고, 서릿발처럼 차가웠다. 최일의 측근 중에 이 정도로 정련된 느낌을 풍기는 자는 없었다.

'무서운 놈들이다.'

그는 자신이 말 한 마디 잘못하는 순간 죽을 거라는 걸 직감했다. 이런 자들에게 사람의 목숨은 개돼지보다도 오히려 못했다.

바지가 축축해졌지만 그는 그 사실을 알아차리지도 못했다. 전신을 해머로 두드리는 듯한 공포와 긴장으로 인해 그의 감각은 마비되어 가고 있었다.

그는 유성회에 대해 자신이 알고 있는 것을 하나도 빼놓지 않고 말했다. 밑바닥 행동대에 속한 그였기에 회에 대해 많은 것을 알고 있지는 못했지만 개괄적인 설명 정도를 하는 건 그리 어렵지 않았다.

그의 이야기는 15분 정도 이어졌다.

미남은 그의 말을 막지 않았다.

박봉수가 입을 다물었다.

그는 많은 것을 기억해 냈고 남김없이 말했다. 자신의 기억력이 이렇게 좋았나 하며 스스로도 놀랄 정도였다.

이야기가 끝난 후에도 미남은 별말이 없었다.

눈을 지그시 감은 채 무언가를 생각하는 듯하던 그가 눈을 뜨고는 박봉수에게 물었다.

"그게 다냐?"

"예… 제가 아는 건 다 말씀드렸습니다. 살려주십시오."

박봉수는 울먹이며 말했다.

미남은 눈살을 찌푸리며 자리에서 일어났다.

"눈물에 오줌이라… 이런 쓰레기한테 우리를 맡기다 니."

박봉수를 힐끗 내려다본 그의 시선이 가위를 든 사내를 향했다.

"역겹군. 치워라."

대답은 없었다.

사내는 가위를 들어 무서운 기세로 박봉수의 뒷목에 박아 넣었다.

그극!

쇠가 살과 뼈를 꿰뚫고 들어가는 소리가 작게 났다.

가위의 뾰족한 끝이 목젖을 찢고 튀어나왔다.

"커컥!"

박봉수는 눈을 부릅뜨며 무어라 말하려 했지만 가위가 관통한 성대는 소리를 만들어내지 못했다.

스슷.

가위가 빠져나가자 목의 앞뒤로 피가 분수처럼 솟았다.

"커으으윽, 컥!"

괴이한 신음을 토하던 박봉수의 머리가 툭하며 아래로 떨어졌다.

미남은 불쾌하다는 눈빛으로 박봉수를 내려다보며 말했다.

"흔적을 남기지 마라."

"예."

가위와 칼을 든 두 사내가 고개를 숙이며 대답했다.

미남은 작게 턱을 끄덕이고는 위로 연결된 계단을 밟았다.

10여 명의 사내가 제각각의 자세로 휴식을 취하고 있는 거실을 지나 2층에 오른 미남은 골목의 반대편에 자리 잡은 방 앞에 섰다.

똑똑.

"형님, 적무린입니다."

노크를 하고 말을 하자 안에서 바로 반응이 왔다.

"들어와."

방으로 들어선 이준욱은 탁자 위에 놓인 추혈신안판과 대전 인근을 상세하게 그린 지도를 번갈아 내려다보며 미간을 찡그리고 있는 적운기를 볼 수 있었다.

적운기는 고개도 들지 않고 물었다.

"어떤 놈들이냐?"

"대전 암흑가를 장악하고 있는 유성회라는 조직의 떨거지였습니다."

적운기가 어리둥절한 눈빛을 숨기지 않으며 고개를 들어 적무린을 보았다.

"유성회?"

적무린은 적운기의 말투에서 그가 유성회라는 이름을

낯설어하지 않는다는 것을 알았다. 하지만 그 의미를 생각할 여유는 없었다. 적운기의 질문이 이어졌던 것이다.

"그자들이 왜 우리를 감시하지?"

적무린은 즉시 대답했다.

"잡은 놈들은 하부 행동대원이었습니다. 그들은 아무것도 모르고 있더군요."

적운기의 굵은 눈썹이 미미하게 꿈틀거렸다.

"다른 나라에서 움직이는 건 정말 귀찮군."

짜증이 묻어나는 말투였다.

중국에서 움직일 때는 이런 일이 없었다. 자신들은 항상 위압적인 위치에 있었다. 지역의 암흑가 조직 따위가 앙천의 적자를 기웃거리다니, 상상도 할 수 없는 일이었다.

무언가를 생각하는 듯하던 그가 탁자 위의 인터폰을 눌렀다.

굵은 사내의 음성이 인터폰을 통해 흘러나왔다.

[예, 따거(大哥:큰형님).]

"주진방을 올려 보내."

[알겠습니다.]

잠시 후 짧은 콧수염을 기른 40대의 중년인이 방으로 들어와 적운기에게 허리를 숙였다. 며칠 전 적운기와 함께 추혈신안판을 보던 사내였다.

"부르셨습니까."

"후지와라가의 인물에 대해 알아보라고 했던 거 말이다. 그들이 대전에 머무는 것을 지원하는 자들이 유성회라고 하지 않았던가?"

주진방은 의아해 하면서도 지체 없이 대답했다.

"맞습니다, 따거."

적운기와 적무린은 거의 동시에 서로를 보았다.

적운기의 입가에 비릿한 미소가 떠올랐다.

"재미있군그래."

적무린이 물었다.

"형님, 어떻게 된 겁니까?"

다른 사람들이 적운기를 부르는 명칭과 적무린이 그를 부르는 건 미묘한 차이가 있었다. 적무린은 적운기의 사촌동생이었기 때문이다.

적운기는 의자에 등을 기대며 다리를 꼬았다.

그는 탁자 위에 놓인 장식이 우아한 목갑에서 시가 한 개를 꺼내 물었다. 라이터를 꺼낸 적무린이 시가에 불을 붙였다.

적운기가 적무린을 보며 입을 열었다.

"며칠 전에 진방에게 알아보라고 시킨 일이 있었다."

적무린은 방금 전 적운기가 주진방을 보며 했던 말을 떠올렸다.

그가 물었다.

"후지와라와 관련된 일입니까?"

적운기는 고개를 끄덕였다.

"그렇다."

후우―

길게 담배 연기를 내뿜은 그가 말을 이었다.

"진방이 말하길 생각보다 한국에 들어와 있는 흑사회 조직원이 많아서 도움을 꽤 받을 수 있었다더군."

적운기가 시가를 깊게 빨아들이는 사이 적무린의 궁금해하는 시선을 받은 주진방이 보충 설명을 했다.

"10여 년 동안 본국에서 한국으로 나온 조선족과 한족에 섞여 삼합회를 비롯한 여러 흑사회 조직들이 진출했습니다. 아직 규모는 보잘것없는 상태지만 그들은 한국에 뿌리를 내린 화교와 연계해서 조금씩 세력을 확장하는 중입니다. 그들의 도움을 받았습니다."

적무린은 고개를 끄덕였다.

그는 정보파트가 아니라 전투파트에 몸을 담고 있어서 정세와 조직운영에는 식견이 깊지 않았다. 그러나 중국의 흑사회가 전 세계에 걸쳐 어떤 식으로 확장을 거듭하고 있는지에 대해 아주 모르는 건 아니었다.

적운기가 입을 열었다.

"진방이 알아본 바로는 후지와라가의 요인 몇 명이 한

국에 들어와 대전에 머물고 있는 게 확실하다. 그리고 그들을 보호하며 지원하는 자들이 유성회라는 대전조직이고."

"후지와라가의 인물이 누굽니까?"

적무린의 질문에 적운기는 고개를 저으며 짤막하게 대답했다.

"모른다."

그는 주진방에게 눈짓을 했다.

주진방이 적무린과 눈을 맞추며 입을 열었다.

"제가 알아본 것을 말씀드리겠습니다. 태평양전쟁 종전 이후로 후지와라가 한국에서 활동한 기록은 없습니다. 유성회라는 일개 지역조직과 인연을 맺은 적은 더더욱 없고요. 그럼에도 현재 후지와라의 요인 몇 명은 유성회의 보호와 지원을 받으며 대전에서 무언가를 하고 있습니다."

적무린의 눈이 번뜩였다.

전투파트에 몸담고 있지만 그의 재기(才氣)는 앙천 내에서도 인정하지 않는 자가 없을 만큼 뛰어났다.

그가 말했다.

"후지와라와 유성회를 중계해 준 자가 있다는 말이군요."

주진방은 미소를 지었다.

"저도 그렇게 판단했습니다. 그래서 그 부분을 집중적

으로 캐보았죠."

"어딥니까?"

"둘을 연결시켜 준 건 태룡회장 서복만으로 보입니다."

적무린의 안색이 굳어졌다.

"서복만이라면… 태양회의 박 회장이 배후라는 말입니까?"

주진방은 조심스럽게 적운기의 눈치를 살피며 대답했다.

"현재로는 추정일 뿐입니다만… 저는 그가 배후라고 생각하고 있습니다."

적무린의 눈에 불같은 빛이 일어났다.

"형님……."

음성이 높았다.

적운기는 손을 들어 적무린의 말을 막았다.

"추정일 뿐이다."

적무린은 입술을 깨물어 흥분을 가라앉혔다.

그가 말했다.

"하지만 형님, 박 회장이 배후라면 뒤통수를 맞을 수도 있습니다. 태양회는 인정한 적이 없지만 그들이 사실상 후지와라가문이 중심인 타이요우의 강력한 영향력하에 있다는 건 형님도 잘 알고 계시지 않습니까?"

적운기는 쓴웃음을 머금으며 입을 열었다.

"네가 무엇을 우려하고 있는지 안다. 하지만 그런 일은 일어나지 않을 것이다. 그건 우리와 태양회의 전면전을 의미해. 박 회장은 그 정도로 바보가 아니다."

말을 잇는 그의 눈빛이 서늘해졌다.

"…그러나 우리를 방해할 가능성은 남아 있지. 문제는 대전에 와 있는 후지와라가의 인물이 누구냐는 거다. 그가 누구냐에 따라 박 회장의 움직임이 달라질 테니까. 만약 이곳에 있는 후지와라가의 인물이 가문의 직계라면… 박 회장은 적극적으로 우리를 방해할 것이다. 그러면 우리는 빈손으로 돌아가게 될 수도 있지. 그런데……."

적운기는 적무린을 보며 기묘한 미소를 지었다.

그가 말을 이었다.

"한 가지 이상한 점이 있다. 박 회장은 내가 부탁한 것을 최선을 다해 알아봐 주었다. 그가 도와주지 않았다면 나는 대전에 오지 못했을 것이다."

적운기는 적무린과 눈을 마주하며 말을 이었다.

"한국에 들어온 후지와라가문의 인물이 박 회장을 움직이고 있었다면 나를 돕지 않았어야 정상이다. 그렇지 않았다는 건 후지와라가의 인물이 대전에 머무는 건 태양회와 연계한 일이 아니라는 거지. 진방이 알아본 대로라면 후지와라는 박 회장을 통하지 않고 서복만과 직접 접촉한 걸로 보인다. 서복만은 후지와라를 지원하는 대가로 후지와라가문이 준다는 무언가를 덥석 물었을 테고. 똥인지 된장인지도 모른 채 말이다."

적무린을 향한 그의 눈빛이 강해졌다.

"무린아."

"예, 형님."

"좀 건드려 보아야겠다. 반응을 보면 확실해질 테니까. 유성회를 쳐라, 한국의 검경을 자극하지는 말고."

적무린의 입가에 미소가 떠올랐다.

전투는 그의 전문이다.

"알겠습니다, 형님."

적운기는 고개를 돌려 주진방을 보았다.

"진방."

"예, 따거."

"가능한 모든 선을 동원해 후지와라가의 인물들이 어디에 머물고 있는지 알아내도록 해라. 그들이 무슨 짓을 하고 있는지 알아야겠어."

"예, 따거."

"그들도 가네무라의 흔적을 찾아 한국에 온 것이라면… 그들이 있는 곳에 가네무라가 남긴 것이 있을 가능성이 크다."

"최선을 다하겠습니다, 따거."

적운기는 고개를 끄덕였다.

대화가 끝났다는 것을 안 적무린과 주진방은 방을 나갔다.

혼자가 된 적운기는 추혈신안판을 내려다보았다.

신안판 중앙의 흑자색 구슬은 끊임없이 떨리며 15도 각도 범위 내에서 좌우로 움직이고 있었다.

구슬의 극점이 가리키는 건 동남향이었다.

"가네무라가 무언가를 이곳에 남겼다면 타이요우와 태양회가 자료를 공유할 가능성은 전무하다. 그것을 독점하기 위해서라면 무슨 짓이라도 할 자들이니까."

그의 눈빛이 뱀처럼 차가워졌다.

물건을 독점하기 위해 무슨 짓이라도 할 수 있는 건 그도 마찬가지였다.

제5장

삐삐삐삐삐―

귀를 찢는 날카로운 경보음이 지하를 뒤흔들었다.

자판을 두드리며 모니터 상에 나타나는 화면에 몰입해 있던 10여 명의 연구원은 멍한 얼굴로 서로를 돌아보았다.

지하연구실을 빼곡하게 메운 유리관들은 텅 비어 있었고, 특이한 움직임은 어디에도 보이지 않았다.

불이 난 것도 아니었다.

경보음이 울릴 이유가 없는 것이다.

그들 중 한 명의 안색이 갑자기 홱 변하며 손가락으로 한 곳을 가리켰다.

"이… 이거… 좀 봐!"

수십 개의 모니터 중 하나의 화면에 커다란 붉은 글자들이 네온사인처럼 깜박이고 있었다.

Warning(경고).

Escape(탈출).

안색이 허옇게 변한 연구원들이 분분이 자리에서 일어났다.

모니터에 뜬 글들은 한 가지 경우에만 나타나게 되어 있었다.

그들은 공포에 질린 눈으로 매직유리 너머를 응시했다.

지하연구실은 세 구역으로 나뉘어 있었다.

연구원들이 있는 연구실과 유리관들이 있는 실험실, 그리고 '그것' 들이 잠들어 있는 무덤이 그것이었다.

연구실의 사방은 5센티미터의 방탄유리로 막혀 있었는데 안에서 실험실과 무덤을 동시에 볼 수 있었다.

연구원들의 시선이 약속이라도 된 듯 일제히 무덤을 향했다.

그들의 생각은 틀리지 않았다.

벌거벗은 사람 둘이 무덤에서 걸어 나오고 있었다.

아무렇게나 풀어헤친 긴 머리카락에 가려 얼굴이 제대

로 드러나지 않았지만 연구원들은 걸어오는 자들이 누군지 잘 알고 있었다.

연구원들을 지휘하는 나카모토가 넋이 나가기라도 한 것처럼 덜덜 떨리는 목소리로 중얼거렸다.

"상처가… 없어……."

걸어오는 자들은 몸에 실오라기 하나 걸치고 있지 않았다.

한 걸음을 내디딜 때마다 온몸은 꽉 채운 근육들이 탄력 있게 움직였다. 사타구니 사이에 붙은 거대한 성기가 무성한 털 사이로 축 늘어져 있는 게 보였다. 그들의 몸은 완벽했다. 불필요하게 붙은 살덩이는 눈을 씻고 보아도 찾을 수 없었고, 흠집 하나 보이지 않았다.

있을 수 없는 일이었다.

저들은 회복되고 있었지만 불과 30분 전에 확인했을 때만 해도 아직 상처에서 완전히 회복하지 못한 상태였다.

정신을 차린 나카모토는 미친 듯이 벽에 붙은 비상벨을 눌렀다.

연구원들은 불안해하면서도 한편으로 가느다랗게 안도의 한숨을 내쉬었다.

지상에 벨이 울리면 필요한 조치를 취할 터였다. 그리고 '그것'들이 이상행동을 한다 해도 그들이 있는 곳은 두터운 방탄유리의 안쪽이었다.

연구원들은 '그것'들의 전투력이 놀랍도록 높다는 걸 알고 있었지만 지상의 지원이 올 때까지는 방탄유리가 '그것'들을 막아줄 거라고 믿었다.

그러나 연구원들은 10초가 지나기도 전 자신들의 희망이 얼마나 부질없는 것이었는지를 처절하게 깨달을 수 있었다.

방탄유리 앞에 선 나신의 두 사내 중 한 명이 주먹을 거머쥐는가 싶더니 망설임 없이 유리를 향해 휘둘렀다.

쐐애애액-

휘두른 건 주먹인데 포탄이 발사되었을 때나 날법한 공기 갈라지는 소리가 지하실을 뒤흔들었다.

쾅!

쩌저저저적-

단 한 방의 주먹질이었다.

주먹에 맞은 지점이 움푹 들어가며 그곳에서 발생한 실금이 단숨에 방탄유리 전체로 퍼져 나갔다.

주먹질을 했던 자가 고개를 한번 갸웃하는가 싶더니 두 번째 주먹질이 바로 유리를 강타했다.

와장창!

요란한 소리와 함께 방탄유리가 단숨에 터져 나가며 파편이 연구실 안을 태풍처럼 덮쳤다.

"와아아악!"

"으아아아아!"

기괴한 비명을 지르며 연구원들은 시퍼렇게 질린 얼굴이 되어 정신없이 뒤로 물러섰다.

부서진 유리를 통해 안으로 들어선 두 명의 나체 남자의 코가 잠시 씰룩거렸다. 마치 냄새라도 맡는 듯한 모양새였다. 하지만 그 움직임은 오래가지 않았다.

그들의 어깨가 미세하게 움직이는 듯했다. 다음 순간 그들의 손에는 연구원 한 명의 목이 쥐어져 있었다.

그들 중 한 명은 나카모토였다.

나카모토는 질식으로 인해 하얗게 변한 얼굴로 입을 열었다.

"왜… 왜……?"

쥐어짜는 듯한 음성.

"제발… 제…….'"

그들에게 잡힌 나카모토와 연구원은 사색이 되어 말을 계속하려 했다. 어쨌든 이 상황은 벗어나야 했으니까. 그러나 그들의 말은 제대로 흘러나오지도 못했다. 대신 그들의 입에서 흘러나온 건 단말마의 비명이었다.

"아악!"

"살려줘!"

우두둑.

단숨에 목이 부러진 나카모토와 연구원의 입에서 혀가

길게 삐져나왔다.

두 사내는 죽은 자들의 가슴에 손을 박아 넣었다.

찌이익.

와득.

살과 뼈가 찢어지고 으스러지는 기괴한 소리가 났다.

잠시 후 연구원들의 가슴을 빠져나오는 그들의 손에 아직도 따듯한 김을 뿜어내고 있는 심장이 딸려 나왔다.

퍼퍼퍽!

분수처럼 치솟은 피가 사방으로 튀며 두 사내의 벌거벗은 몸도 피투성이가 되었다.

우적우적.

두 사내는 무표정한 얼굴로 심장을 씹어 먹었다.

심장을 다 먹은 그들의 눈에 확연한 변화가 생겨났다.

그것은 온기와 포만감, 그리고 활력이었다.

살아남은 연구원들의 안색은 산 사람의 그것이 아니었다.

이곳에서 벌어졌던 여러 가지 일은 그들의 손을 통해 이루어졌기에 사람이 죽는 것을 보는 게 처음은 아니었다. 하지만 죽은 자가 자신들의 동료인 적은 없었고, 곧 자신도 저들과 같은 신세가 될 확률이 절대적인 이런 상황은 상상도 해본 적이 없는 것이었다.

잠시 후.

"으아악!"

"컥!"

우두둑.

와득.

우적우적.

연구실은 처절한 비명과 사방으로 안개처럼 뿌려지는 피, 그리고 살과 뼈가 부서지는 소리로 가득 찼다.

지옥이 열리고 있었다.

유성회 소속의 조직원 다섯 명과 타카이를 거느리고 지하실로 뛰어내려온 다이키의 얼굴이 무섭게 일그러졌다.

질퍽질퍽…….

연구실을 막고 있는 철문 안으로 들어서기도 전, 내딛는 구두밑창에 핏물이 엉겨 붙는 소리가 이곳에서 어떤 일이 벌어졌는지를 알려주었다.

철문 아래로 흘러나온 피가 곳곳에 피웅덩이를 만들고 있었다.

다이키는 이를 악물며 잇새로 말을 뱉었다.

"열어라."

그의 옆에 서 있던 유성회 소속의 최동길이 붉은빛으로 점멸하고 있는 보안장치에 손바닥을 얹었다. 그리고 타카이가 품에서 권총을 꺼내 최동길의 뒤에 섰다. 만약에 발생활지도 모르는 불상사에서 최동길을 엄호하고자 하는 움직임이었다.

보안장치의 적색신호가 녹색으로 바뀌었다. 하지만 문은 열리지 않았다. 들려와야 할 안쪽 관계자의 음성도 없었다.

최동길은 굳은 얼굴로 보안장치의 아래쪽 캡을 내렸다.

키패드가 나타났다.

키패드에 암호를 입력하면 강제개방이 가능했다. 안쪽에서 문제가 생길 경우에 대비해 만들어두었던 장치였다. 하지만 최동길은 이것을 쓰게 될 거라는 생각을 해본 적은 없었다.

그의 손가락이 키패드를 두드리자 그그궁 하는 소리와 함께 철문이 열렸다.

내부의 모습이 사람들의 앞에 적나라하게 드러났다.

타카이와 최동길이 앞장서고, 다이키가 뒤를 따랐다. 유성회 조직원들은 다이키의 후위를 반원의 형태를 취하며 보호했다.

안으로 들어선 사람들의 안색이 창백해졌다.

이를 악문 다이키는 안쪽으로 뛰어 들어갔고, 최동길을 비롯한 유성회 인물들이 손으로 입을 틀어막았다.

조직 생활을 하며 별의별 험한 꼴을 다 겪은 그들이었음에도 연구실의 광경을 본 그들은 속이 뒤집어졌다.

다행히 살얼음 위를 걷는 듯 잔뜩 긴장된 분위기가 그들이 벽을 붙들고 토악질하는 것을 막아주었다.

바닥과 벽, 천장까지 피칠갑이었다.

너덜너덜한 모양으로 사방에 떡처럼 붙어 있는 건 사람의 살이었고, 조각난 뼛조각들이 여기저기 널려 있었다.

사람의 형체를 갖추고 있는 시신은 보이지 않았다. 그러나 남아 있는 흔적이 이곳에 있던 연구원들의 몸이라는 걸 아는 건 어렵지 않았다.

목 아래가 텅 빈 머리들이 바닥 여기저기를 굴러다니고 있었으니까.

두부처럼 으깨진 것들이 절반을 넘긴 했지만 그나마 절반 정도의 머리는 거의 온전한 형태를 유지하고 있었다.

연구실은 고요했다.

살아 숨을 쉬고 있는 자는 없었고, 이 참경을 만들어낸 자들도 보이지 않았다.

최동길은 욕지기를 참으며 주변을 돌아보았다.

일본인들이 이곳에서 연구를 시작한 이후 연구실 내부로 들어온 적이 있는 유성회 인물은 세 명뿐이었다.

태룡회장 서복만과 그의 비서실장 조정대, 그리고 이곳의 책임자인 최동길이 그들이었다.

서복만과 조정대는 초기에 한 번 방문한 후로 다시는 이곳에 걸음을 하지 않았다. 이곳에서 일본인들이 만들어

놓은 광경은 그들조차도 보기 역겨워할 만큼 처참했던 것이다.

최동길은 이곳을 책임지고 있었기에 아침저녁으로 현황을 체크했지만 서복만과 방문했던 때 외에는 철문 안으로 들어간 적이 없었다.

들어가 보고 싶은 마음도 전혀 없었지만 일본인들이 허락을 하지 않았던 게 주된 이유였다. 그들은 철저하게 보안을 유지했다.

그래서 그는 일본에서 온 연구진들이 안에서 무엇을 하고 있는지 아는 것이 거의 없었다. 할 줄 아는 거라곤 주먹질뿐인 그인지라 관심도 없었고.

그저 서복만이 그에게 이곳을 맡기며 해준 말 정도가 그가 아는 전부라 할 수 있었다.

서복만은 그에게 일본인들이 이곳에서 '약'을 만들 거라고 했었다. 그 '약'은 제조과정이 비인도적이어서 어느 나라에서도 제조가 허락되지 않아 일본인들이 자신에게 도움을 청했으며, 그들의 요구는 무엇이든 들어주라 말과 함께.

그 이후 일본인들이 이곳에서 벌인 일련의 행동은 서복만의 말이 옳다는 것을 입증했다. 그는 일본인들의 요구로 노숙자와 불법체류외국인들을 납치해서 제공했다. 그 일을 하는 와중에 철문이 열릴 때 언뜻 들여다본 내부의 광경은 인세의 지옥이 따로 없을 정도였다.

산 사람을 정체불명의 수액이 가득 들어 있는 유리관 안에 집어넣고 그 안에 마약을 쏟아붓는 한편으로 피를 뽑아내는 광경을 보고 그가 어떤 생각을 했겠는가.

'이들이 연구하던 게 '약'이 아니었던 건가?'

최동길은 긴장하고 있었다.

지구상에 존재하는 어떤 약도 사람을 저런 식으로 갈기 갈기 찢어죽게 하지는 못했다.

연구실을 지옥으로 만든 건 '약'이 아니라 어떤 '존재' 였다. 그것도 인간이 상상할 수 없는 힘과 마성을 가진 '존재'임에 틀림없었다.

이곳은 서복만이 제공한 곳이었다.

서복만은 이곳에서 일어나는 일은 그게 무엇이든 정확한 사실을 알고 싶어 했다. 만약 그가 알지 못하는 어떤 일이 벌어져 곤란한 지경에 처하게 된다면 최동길은 지옥행 특급열차에 타게 될 터였다.

'이자들이 회장님을 속였을 가능성도 있다……'

한 가지 가능성에 생각이 미친 그는 안색이 무거워졌다.

서복만은 이곳에서 '약'이 제조된다고 알고 있었던 것이다.

최동길의 머릿속이 복잡해질 때 연구실 한쪽 구석에 아

무렇게나 처박혀 있는 머리에 시선을 주고 있던 다이키가 무거운 목소리로 중얼거렸다.

"나카모토……."

부서진 머리에서 허연 뇌수가 흘러나오고 부릅뜬 눈은 흰자위만 보였다. 그리고 입 밖으로 길게 삐져나온 혀는 그로테스크했다.

피범벅이 된 머리카락들이 얼굴을 가려 언뜻 보아서는 누군지 분간조차 하기 힘든 머리통이었다. 하지만 다이키는 그가 십수 년간 후지와라 가문을 위해 헌신적으로 일했던 나카모토라는 걸 한눈에 알아보았다.

철문을 열자마자 안으로 뛰어 들어갔던 타카이가 돌처럼 굳은 얼굴로 되돌아 나왔다.

다이키는 애써 평정을 유지하며 타카이에게 물었다.

"마루타는?"

"보이지 않습니다. 캡슐도 파괴된 상태입니다."

"철문은 닫혀 있었다. 그것들이 이곳에 없다면 빠져나갈 수 있는 통로가 있을 것이다. 찾아라."

타카이와 최동길 등은 무섭게 굳은 얼굴로 연구실 내부를 조사하기 시작했다.

다이키는 순간적으로 현기증을 느꼈다.

있을 수 없는 일이 벌어진 것이다.

그는 초점이 흐려진 눈으로 사방을 돌아보았다.

죽은 나카모토는 마루타에 대한 연구와 실험의 전 과정을 그에게 세세하게 보고했다. 그래서 실제 연구를 어떻게 하는지는 몰라도 현재 마루타의 상태가 어떤지에 대해서는 다이키도 나카모토만큼 알고 있었다.

'마루타는 내가 깨우기 전에는 스스로 움직일 수 없다. 두 번의 실험과정 중에 그들은 현장에 피를 남기지 않았고, 죽은 자들의 모습도 온전했다. 완전히 다른 존재가 된 듯하다. 어떻게 이럴 수가……?'

그는 나카모토가 했던 실험과 보고의 내용을 토대로 현장을 이해하려고 전력을 기울였다. 하지만 그것은 불가능했다.

그가 기존에 알고 있던 마루타와 이 현장을 만들어낸 마루타의 행태는 달라도 너무 달랐다.

비슷한 건 오직 하나, 가공할 만한 살육 능력뿐이었다.

마루타에 대한 자료를 얻고 그것들을 깨우며 그가 가장 공을 들인 건 그들에 대한 통제권의 획득이었다.

통제할 수 없는 괴물은 필요 없었으니까.

이 일이 벌어지기 전까지 마루타에 대한 그의 통제권은 유효했다.

그들은 그에 의해서만 깨어났고, 그의 지시만을 따랐다. 현장에서 일을 처리하는 방식까지 제어할 수는 없었지만.

다이키는 안쪽에서 유성회 조직원이 지르는 소리에 정신이 번쩍 났다.

"여기가 이상합니다."

급하게 그가 달려간 곳은 마루타들이 잠들어 있던 캡슐이 놓여 있는 곳이다.

유성회 조직원이 우측의 캡슐을 가리켰다.

다이키의 눈이 빛났다.

캡슐은 옆으로 2, 3센티미터 정도 밀려나 있었다. 바닥에 남은 흔적으로 보아 50센티미터 이상 이동했다가 제자리로 돌아온 듯했다.

다른 사람들이 나서기도 전에 타카이와 최동일이 약속이라도 한 것처럼 캡슐의 한쪽 면에 달라붙어 그것을 밀었다.

캡슐의 무게는 상당한 듯 두 사람의 얼굴에 지렁이 같은 힘줄이 툭툭 불거졌다. 하지만 캡슐은 조금 흔들렸을 뿐 꼼짝도 하지 않았다.

최동길이 고개를 돌려 자신의 부하들을 보았다. 부릅뜬 눈에 실핏줄이 벌겠다.

어정쩡한 자세로 서 있던 유성회 조직원들이 후다닥 소리가 들릴 정도로 재빠르게 전부 캡슐에 달라붙었다.

그극그극.

귀에 거슬리는 소리와 함께 캡슐이 조금씩 밀려났다.

잠시 후 캡슐이 50센티미터 이동했다. 그리고 그 자리에 아래로 뻥 뚫린 검은 구멍이 모습을 드러냈다.

구멍과 캡슐을 번갈아보며 다이키는 가중되는 혼란으로 생각을 잇기에 어려움을 느꼈다. 그는 피가 배이도록 입술을 깨물었다.

그때 타카이가 구멍을 내려다보며 다이키에게 말했다.

"바람이 느껴집니다. 밖과 연결된 듯합니다."

다이키는 잠시 말을 하지 않고 구멍을 내려다보았다.

구멍은 보통 체격의 남자가 빠져나가기 어렵지 않을 만큼 컸다.

타카이가 구멍의 벽면을 가리키며 말을 이었다.

"이끼와 잡초가 있습니다. 최근에 만들어진 굴이 아닙니다."

그의 말대로 우툴두툴한 벽면엔 이끼들이 다닥다닥 붙어 있었다. 이끼들은 두툼했고, 빈자리를 찾기 어려울 만큼 빼곡하게 벽면을 메우고 있었다. 벽면 드문드문 10여 센티미터 정도 되는 잡초의 모습도 보였다.

며칠 사이에 형성될 수 있는 상태가 아님은 분명했다.

침묵하던 다이키가 입을 열었다.

"이곳을 잘 아는 누군가가 이곳에 왔었다."

타카이는 눈을 빛내며 귀를 기울였다.

다이키가 말을 이었다.

"마루타들이 빠져나간 후 누군가 캡슐을 원위치시켰다. 마루타들은 이런 행동을 하지 못한다."

타카이의 이마에 밭고랑 같은 주름이 생겨났다.

다이키만큼은 아니었지만 그도 마루타들에 대해 많은 것을 알고 있었다.

그가 아는 마루타는 생명이 없는 존재들이었다.

당연히 생각을 하지 못하고, 캡슐을 재이동하는 짓 따위도 하지 못한다.

"타카이."

"예, 회장님."

"어떤 수를 쓰든 그것들을 회수해야만 한다."

입구의 참혹한 현장을 힐끗 본 타카이가 조심스럽게 다이키에게 물었다.

"이들의 전투력은 가공할 만합니다. 본가에 지원을 요청하는 것이 좋지 않겠습니까?"

현실적인 제안이었다.

할 수만 있다면 타카이의 제안을 받아들이고 싶은 것이 다이키의 솔직한 심정이었다. 누구보다도 마루타의 능력을 잘 알고 있는 그가 아니던가. 하지만 다이키는 음울한 얼굴로 고개를 저었다.

"그렇게 되면 일이 복잡해진다. 타카이, 우리 힘으로 이번 일을 해결해야 한다."

타카이는 주먹을 꽉 움켜쥐었다.

다이키가 지원을 하지 않는 이유를 짐작할 수 있었던 것이다. 그리고 그는 다이키를 이해했다.

"알겠습니다."

타카이의 얼굴엔 결연한 표정이 떠올라 있었다.

다이키가 말을 이었다.

"최일 사장을 만나라."

타카이는 한숨을 참기 위해 입술을 앙다물었다.

그는 타카이의 대답도 듣지 않고 최동길에게 고개를 돌렸다.

"타카이와 최일 사장의 면담을 주선해 주시오. 지금 즉시."

최동길은 고개를 끄덕였다.

"연락드리겠습니다."

대답은 지체 없이 나왔다.

그도 상황의 엄중함을 알고 있는 것이다.

그는 부하 두 명에게 눈짓으로 구멍을 가리키며 말했다.

"들어가서 어디로 통하는지 알아봐."

그의 지시를 받은 부하들의 볼 살이 가늘게 떨렸다. 그들의 눈에 두려움의 빛이 완연하게 떠올랐다.

그들은 끔찍한 현장을 본 후였다. 자신들이 추적해야

하는 대상이 얼마나 공포스러운 존재들인지 잘 알고 있는
것이다.

지상이었다면 뒤도 돌아보지 않고 도망쳤을지도 모르지
만 지금 최동길의 명령에 불복종할 수는 없었다.

안색이 허옇게 뜬 그들은 마루타라고 칭해지는 그 존재
들이 구멍 안쪽에 없기를 기도했다.

동료가 급하게 밖으로 뛰어나가 가져온 밧줄을 캡슐에
묶었다.

지시를 받은 사내들이 밧줄을 손에 말아 쥐고 구멍으로
몸을 디밀었다.

초점 잃은 눈으로 그들을 바라보던 다이키의 입술이 달
싹였다.

"타카이."

"예, 회장님."

다이키의 눈짓을 본 타카이가 다이키의 입술 쪽으로 귀
를 가져다 댔다.

"최일만으로는 안 될 것이다. 서 회장에게도 협조를 청
해라."

그의 눈에 초점이 돌아왔다.

그가 말을 이었다.

"서 회장이 궁금해하면 바이러스의 실험 대상이 되었던
자들이 탈출한 거라 말해주도록."

"알겠습니다."

대답하는 타카이를 뒤에 두고 다이키는 몸을 돌렸다.

*　　　　*　　　　*

방학은 방학이었다.

지수와 약속한 과학공원 서문이 가까워질수록 걷는 속도는 느려졌다.

검정 바탕에 청색 줄무늬가 있는 모자를 깊숙이 눌러쓰고 검은색 칠부 진바지의 호주머니에 손을 넣고 걷던 이혁은 저절로 터져 나오려는 한숨을 억지로 삼켰다.

한 걸음을 내디딜 때마다 어깨가 부딪쳤다. 그 정도로 많은 사람이 거리를 가득 메우고 있었다.

번잡스러운 것을 좋아하지 않는 그에게 이런 장소는 진심으로 사양하고픈 곳에 속했다.

대부분은 중고생들이었다.

특이하게도(?) 여자들의 수가 압도적으로 많았다.

나름 빼입고 옅은 화장을 한 여학생들도 적지 않았지만 앳된 본바탕을 가리지는 못했다.

아무리 어른스럽게 굴려고 해도 나이가 차지 않은 것을 증명하듯 채 빠지지 않는 젖살은 어쩔 수가 없는 것이다.

사람들의 목적지는 한결 같았다.

'샤크'의 공연이 있는 무역전시관이었다.

이혁은 혀를 찼다.

'쩝, 남자 아이돌 그룹이라서 그런가?'

그는 연예인에게 열광해 본 경험이 없었다.

텔레비전하고는 담을 쌓았고, 영화나 가끔 보는 터라 알고 있는 연예인은 영화배우 몇에 불과했다. 그것도 국내 배우가 아닌 외국의 배우들이었다.

그래서 또래의 학생들이 미어터지지 않을까 걱정스러울 정도로 몰려가는 무역전시관 주변의 분위기를 이해하기가 쉽지 않았다. 머리로는 그럴 수도 있다고 생각하지만 심정적으로는 연신 고개가 갸우뚱거려지는 것이다.

과학공원 서문 앞에 모여 있는 10여 명의 남녀학생이 그의 눈에 들어왔다. 정확히 말하면 그들 속에 섞여 있는 지수가 눈에 띄었다.

이혁의 입가에 희미한 미소가 걸렸다.

'확실히 유전자가 우월한 게 맞아.'

하숙집에서 부대낄 때는 마냥 어린아이같이만 여겼는데 밖에서 또래와 함께 있는 지수는 놀라울 정도로 예쁘고 성숙해 보였다.

흰색의 면 반팔 티와 짧은 청반바지는 그녀의 하얀 피부와 잘 어울렸고, 바지 아래로 쭉 뻗은 다리는 옆에 있는 소녀들보다 10센티는 더 길어 보였다. 키도 컸다. 중학교

들어와서 부쩍부쩍 크는 중인에도 벌써 166센티미터였다.

옥의 티라면 몸매였다.

아직 다 크지 않은 상태라 굴곡이 확연하지 않은 것이다. 그러나 지수의 미모는 확실히 보기 드문 것이었다.

주변에 있는 남자들의 힐끔거리는 시선이 자석처럼 지수에게 달라붙어 있는 걸 보면 이혁만의 착각은 아니었다.

누구를 찾는지 쉴 새 없이 두리번거리던 지수의 시선이 이혁의 푹 눌러쓴 모자에 닿았다.

이혁은 최근 들어 2센티미터가 더 자라서 187센티가 되었다.

평균키가 계속해서 올라가는 시절이라 해도 그만큼 키가 큰 사람은 흔하지 않았다. 게다가 드러난 팔과 옷 안에서 리드미컬하게 맥동하는 근육이 느껴질 만큼 몸이 좋은 사람은 더욱더 흔치 않았다.

지수의 얼굴에 환한 미소가 떠올랐다.

"오빠!"

그녀는 손을 들어 크게 흔들며 이혁에게 자신의 존재를 알렸다.

이혁은 어색하게 손을 반쯤 들어 자신도 그녀를 발견했다는 표현을 했다.

'영 익숙해지지가 않는구만…….'

저번에 하숙집 미소녀들과 영화를 보러 갔을 때도 몸 둘 바를 찾기 어려울 정도로 어색했었다. 이번에도 느낌은 그때와 크게 다르지 않았다.

지수의 일행은 그녀 포함 아홉이었다.

이혁이 도착해서 열 명이 되었다.

일행의 호기심 어린 시선이 이혁의 전신을 아래위로 훑었다.

눈이 사슴처럼 커다래서 귀엽게 생긴 여학생이 이혁을 힐끔거리며 지수에게 물었다.

"이 몸짱 오빠가 네 남친이야?"

"응."

지수는 거리끼는 기색이라고는 눈곱만치도 보이지 않고 냉큼 고개를 끄덕이며 이혁의 팔짱을 꼈다.

이혁이 지수의 귀에 입술을 가져다대고 속삭였다.

"적당히 해라, 꼬맹아. 스킨십 심해지면 지윤이가 날 죽일 거야."

지수는 혀를 빼꼼히 내밀며 웃었다. 그리고 앞꿈치로 발돋움을 해서 이혁의 귀에 입술을 붙이고 말했다.

"그거야 오빠가 먼저 들이댔을 때 얘기고. 내가 하면 언니도 뭐라 못해. 사정이 다르잖아."

이혁은 혀를 찼다.

"말이나 못하면……."

지수는 보란 듯이 세게 이혁의 팔을 가슴에 끌어안으며
말을 받았다.

"말 잘하니까 더 예쁘잖아, 오빠. 그치?"

"……."

이혁은 입을 다물기로 했다.

하숙집에 함께 사는 여자치고 그가 말로 이길 수 있는
사람은 하나도 없다는 걸 새삼 절감하면서.

둘의 속삭임을 보는 일행의 눈이 커다래져 있었다.

지수는 채현과 함께 대전이대 얼짱 소리를 듣는 언니
지윤 때문이 아니더라도 충분히 인근에서 유명한 소녀였
다.

이혁이 느낀 것처럼 그녀의 미모는 백 명의 소녀 속에
섞여 있어도 눈에 띌 만큼 우월했고, 성적도 전교 1, 2등
을 다퉜기 때문이다.

예쁘면서 공부까지 잘하기는 정말 어렵다.

예쁘면 머리가 나쁘다는 속설이 있다. 하지만 예쁜 여
자 중에 공부 잘하는 여자가 많지 않은 건 그녀들이 속설
처럼 머리가 나쁘기 때문이 아니다.

주변의 남자들이 공부를 하도록 그냥 내버려 두지를 않.
는 것이다.

그런 의미에서 지수나 지윤이는 조금 특별하다 할 수
있었다.

예쁘면서 공부도 잘했으니까.

그럴 수 있었던 건 그녀들의 성격이 큰 도움이 되었다고 할 수 있었다.

지수의 언니인 지윤은 맺고 끊음에 망설임이 없고 호불호(好不好)를 명확하게 표현하는 성격이다. 지수도 그녀 못지않았다.

그녀의 별명은 '눈보라' 였다.

사람을 대할 때 까탈스럽고 차갑기가 이루 말할 수 없는 것을 보고 친구들이 지어준 별명이었다.

여자도 쉽게 대하기 어려운 사람이 지수였다. 여기 있는 소녀들도 지수와 친해질 때까지 몇 달이 걸렸다. 하물며 남학생들이야. 그들은 감히 지수에게 접근할 꿈도 꾸지 못했다.

그랬던 지수였는데……

이혁을 대하는 그녀의 모습은 초등학교 때부터 친구지간인 소녀 일행이 한 번도 본 적이 없는 것이었다.

눈보라는커녕 금방이라도 봄바람이 살랑거리며 불어올 듯한 광경이었다.

놀라 눈이 커질 수밖에 없었다.

"지수야, 소개 안 시켜줄 거야?"

친구의 말에 지수가 일행을 돌아보았다.

모두 그녀와 이혁을 보고 있었다.

그녀가 입을 열기 전에 이혁이 먼저 말했다.

"이혁이다."

지수가 말을 보탰다.

"혁 오빠는 사정이 있어서 1년 쉬었어. 고2지만 원래 대로라면 고3이야."

"아!"

"어……."

"음……."

지수의 설명에 다들 어느 정도 당황한 듯했다.

개중 몇 명은 어디선가 들어본 이름 같다고 중얼거렸다. 그리고 남학생들 중 두 명의 얼굴에는 불편해하는 기색도 살짝 떠올랐다.

그들은 이곳에서 가장 연장자인 고2였다. 그런데 이혁이 1년 꿇은 고2라고 하자 어떻게 상대를 해야 할지 고민이 된 것이다.

결론부터 말하자면 그들의 고민은 쓸데없는 것이었다.

이혁은 그들과는 어울릴 생각이 전혀 없었으니까.

지수의 친구들과 그들의 남자친구라는 학생들은 한눈에 보아도 범생들이었다. 헤어스타일과 입고 있는 옷, 서로를 대하는 눈빛과 안색, 말투가 이제까지 험한 꼴이라고는 본 적도 없을 듯한 인상들이었다.

이혁은 그런 학생들과 대화가 가능한 소재를 갖고 있는

사람이 아니었다.

이혁이 입을 꾹 다물고 있자 일행은 곧 대화에서 그를 배제시켰다.

열 명 중에서 한 명이 어울리지 못하고 겉도는 것 같다고 해서 분위기가 다운되기에는 일행의 나이가 너무 어렸다.

막말로 떨어지는 낙엽만 보아도 웃음이 터진다는 사춘기 소녀가 다섯이나 있는 것이다. 그들에게 잘 보이고 싶은 남학생도 네 명이나 되었고. 물론, 이혁을 제외한 숫자였다.

지수도 이혁의 과묵함을 알고 있는 터라 굳이 대화에 끌어들이려고 애쓰지는 않았다.

그녀는 집을 나오기 전 시은의 짧은 과외를 받았다.

제목은 '변태남 이혁을 상대하는 요령'이었다.

시은은 이혁이 먼저 대화에 나서지 않을 때는 그냥 두라고 했다, 그것이 그를 편하게 해주는 것이라며.

지수는 시은에게 배운 대로 행하고 있었다.

시은이 보았다면 가르칠 만한 학생이라며 웃었을 모습이다.

과학공원 서문에서 무역전시관은 코앞이다.

일행은 몇 걸음 떼기도 전에 무역전시관 앞에 수백 명이 길게 늘어서 있는 줄의 끝에 도착할 수 있었다.

지수의 친구 주희가 혀를 내둘렀다.

"사람 정말 많다……."

그녀의 남자친구인 준호가 웃으며 맞장구를 쳤다.

"깔려죽지 않으려면 내 옆에 바짝 붙어 있어야 할 거야."

"호호호."

별로 웃긴 얘기 같지도 않았는데 주희는 우스워 죽을 것 같은 얼굴로 배를 움켜잡았다.

일행은 밝게 웃으며 '샤크'에 대한 얘기를 했다.

그들 중 누가 잘생겼는지, 누가 노래를 잘하는지. 간간이 자신이 좋아하는 멤버를 옹호하기 위해 언성이 높아지기도 했다.

이혁은 다른 일행의 대화를 들으며 뻘쭘하게 서 있었다.

그는 자신의 팔을 생명줄인 양 꼭 끌어안고 있는 지수를 힐끗 내려다보며 어깨를 축 늘어뜨렸다.

'빨리 이 시간이 지나갔으면 좋겠구나.'

정말 적응하기 어려운 자리였다.

생판 들어본 적도 없는 '샤크'와 그 멤버들에 대해 할 말이 있을 리 없었고, 설령 그들의 이름을 들어보았다 해도 그가 끼어들고 싶은 화제가 아니었다.

몸에 맞지 않는 옷을 입은 것처럼 어색한 자리였다.

그렇지만 한편으로 그는 이 자리가 맘에 들었다.

지수는 그를 그가 누린 적이 없는 '일상의 번잡함'으로 데려온 것이었다. 그리고 그는 알고 있었다. 이전에도 그랬지만 앞으로 펼쳐질 자신의 삶도 이런 유의 '일상'과 교차하는 경우가 많지 않을 거라는 걸. 그래서 남다른 감상이 일어나는지도 몰랐다.

그때였다.

뒤쪽에서 짜증이 가득 어린 새된 소녀의 목소리가 들려왔다.

"아, 씨발, 줄이 왜 이렇게 길어? 들어가지도 못하겠어. 좆같이."

누군가 그녀의 말을 받았다.

"세희야, 짜증내지 마. 내가 사람들에게 양보 좀 받을게."

뉘앙스가 묘한 목소리였다.

의도적으로 위압적이면서 시크한 듯한 느낌을 내려 할 때의 뉘앙스가 실렸다고나 할까.

말을 받는 소녀의 목소리가 높아졌다.

"종철 오빠, 그럴 수 있어?"

예의 묘한 뉘앙스가 거침없이 대답했다.

"그럼! 잠깐만 기다려 봐."

뒤에서 들려오는 대화를 한 귀로 흘리고 있던 이혁은

주변이 조용해졌다는 것을 깨달았다. 고개를 돌려보자 지수 일행이 어색한 얼굴로 입을 다문 채 뒤를 힐끔거리고 있었다.

이혁도 고개를 돌려 뒤를 보았다.

뒤에 일행이 분명한 여학생 셋을 데리고 남학생 세 명이 팔자걸음으로 늘어선 줄의 옆을 걸어오고 있었다.

그들은 줄을 선 사람들과 일일이 눈을 마주 쳤다.

줄을 서 있다가 그들과 눈이 마주친 사람들은 안색이 굳어지며 시선을 피했다.

그렇게 줄을 거슬러 오던 남학생 중 가운데 있던 자의 시선이 지수 일행에게서 멈췄다. 그의 시선은 준호를 보고 있었다.

그의 눈이 먹잇감을 발견한 맹수처럼 빛나며 입꼬리에 미소가 걸렸다.

그가 손을 들며 준호에게 말했다.

"와우, 준호야. 너도 이런 데 올 줄 아냐?"

준호는 안색이 굳어지며 시선을 내렸다.

"어… 어… 종철이구나……."

턱턱.

종철이라 불린 남학생이 다가와 준호의 어깨를 쳤다. 그리고 그는 준호의 얼굴에 바짝 자신의 얼굴을 가져다 대며 손가락으로 뒤를 까닥거렸다.

"준호야, 정말 미안한데. 우리 공주님들께서 다리가 아파 뒷줄에서 기다릴 수가 없다는데 양보 좀 해주라."

준호의 이마에 푸른 힘줄이 돋았다.

겁먹은 기색이 역력했지만 그는 내색하지 않으려 애쓰고 있었다.

여자 친구의 앞에서 꼬리를 말고 싶은 사내가 누가 있으랴.

이혁은 덤덤한 얼굴로 돌아가는 상황을 지켜보았다.

자신이 속한 일행에게 생긴 시비였지만 그는 굳이 개입할 필요를 느끼지 못했다. 남자라면 이 정도의 시비는 당사자가 해결해야 한다는 게 그의 생각이었다. 하지만 그의 생각을 끝까지 고수할 수 없는 일이 일어났다.

준호가 대답을 하지 않고 머뭇거리는 것을 본 종철이라는 남학생의 얼굴이 사나워졌다.

톡톡.

그는 손바닥으로 준호의 뺨을 건드렸다.

"핏덩이가 많이 컸네. 깔치 옆에 있다고 개길 줄도 알고?"

"종철아… 그… 그게……."

준호는 말을 더듬거렸다.

그의 여자 친구인 주희는 안색이 파랗게 질린 채 어쩔 줄 몰라 했고, 다른 일행도 몸이 굳은 채 서로를 돌아볼

뿐이었다.

　종철의 좌우에는 체격이 좋은 남학생 둘이 더 있는 것이다.

　파르르.

　이혁은 자신의 팔을 잡고 있는 지수의 손이 잘게 떨리는 것을 느꼈다.

　내려다본 지수의 눈가엔 눈물이 맺혀 있었고, 입술은 얼마나 깨물었는지 자국이 선명했다.

　이혁의 눈빛이 깊어졌다.

　지수는 그가 얼마나 싸움에 능한지 안다. 직접 본 적은 없어도 버스에서 그가 지윤을 구한 것이나, 대전 학생 주먹패들을 갈대처럼 쓰러뜨린 이야기도 들어서 알고 있는 것이다. 그런데도 그녀는 그에게 도움을 청하지 않고 있었다. 그는 그 이유를 알고 싶었다.

　그가 지수의 귀에 속삭였다.

　"내가 처리해 줄까?"

　지수는 고개를 저으며 말을 받았다.

　"아니야, 오빠. 이건 우리 일이잖아. 오빠는 내 손님이고. 우리가 해결할 거야."

　말은 그렇게 하지만 그녀도 겁을 먹고 있었다. 떨리는 목소리와 어깨가 그것을 증명했다.

　이혁의 입가에 희미한 미소가 떠올랐다.

'훗, 오 여사님, 자식 정말 잘 가르치셨습니다. 가정교육도 이 정도면 대통령상감이에요.'

말을 마친 지수가 앞으로 나서며 무어라 말하려 할 때 이혁이 자신의 팔을 잡고 있는 그녀의 손을 강하게 잡아당겼다.

놀란 지수가 눈을 동그랗게 뜨고 그를 올려다보았다.

그는 커다란 손으로 지수의 머리카락을 헝클어뜨렸다.

"전공이 달라. 이건 내 전공이다."

그는 지수를 잡아당겨 자신의 뒤로 돌리고, 성큼성큼 준호의 곁으로 걸어갔다.

놀란 지수가 그를 불렀다.

"오빠?"

그는 둘째 손가락을 세워 입에 가져다 댔다.

그의 부드러운 눈과 눈이 마주친 지수는 입을 다물었다.

그녀가 나설 타이밍은 지나갔다는 것을 직감한 것이다.

그가 접근하는 것을 본 종철과 두 남학생의 눈빛이 날카로워졌다.

숨길 수 없는 긴장이 그들의 눈가에 드러났다.

이혁의 몸을 뒤덮은 근육은 헬스를 오래한 사람들처럼 벌크업한 스타일은 아니다. 오히려 막노동이나 뱃일을 오래한 사람들처럼 작고 단단하게 뭉친, 속칭 잔근육에 가까웠다. 비실비실한 체구보다야 분명 건장하지만 거대한 체격은 아닌 것이다.

하지만 그것이 더욱 압도적인 느낌을 줄 때가 있다. 바로 그와 주먹을 나누어야 하는 상황에 처한 상대들이 받는 느낌이 그렇다.

종철은 어깨를 으쓱했다.

"뭐냐, 넌?"

옆에 있던 남학생이 거들었다.

"몸 좋은데? 그래도 나서면 다쳐. 그냥 저쪽에 찌그러져 있는 게 만수무강에 좋아."

이혁의 입술이 벌어지며 흰 이가 드러났다.

그는 모자를 벗고 눌린 머리를 위로 쓸어 올리며 나직하게 말했다.

"귀엽군. 아가들아, 너희들 덕분에 우리 귀여운 막내가 겁먹었다."

그의 시선이 힐끗 지수의 얼굴을 스쳤다.

그가 말을 이었다.

"책임져야지?"

종철과 옆의 남학생의 안색이 딱딱해졌다.

종철이 한 걸음 나서며 말을 받았다.

"씨벌놈이 해보자는 거냐?"

그때였다.

셋 중 나서지 않은 채 이혁을 보며 고개를 갸웃하던 남학생의 안색이 시퍼렇게 변했다. 그는 다급하게 종철과 다른 남학생의 어깨를 확 잡아당겼다.

인상을 찌푸린 종철이 손을 뿌리치며 소리를 질렀다.

"광호야, 너 왜 그래?"

광호라 불린 남학생은 정신없이 종철과 남학생을 부여잡아 끌어당기며 입을 열었다.

"아… 아… 안… 돼… 그는… 그는……."

대경실색(大驚失色)이라는 고사성어는 이럴 때 쓰라고 있는 말인 듯싶었다. 그는 핏기가 하나도 없는 얼굴로 말도 제대로 하지 못했다.

이혁의 시선이 광호에게 닿았다.

"너, 나를 아는구나."

그는 손가락을 까닥였다.

광호는 번개처럼 그의 앞으로 다가와 부동자세를 취했다.

종철과 남학생의 얼굴이 멍해졌다.

지금까지 광호가 나서지 않았던 건 그가 겁쟁이어서가 아니었다. 광호는 셋 중에서 싸움을 가장 잘했다. 하지만 먼저 나서서 시비를 거는 건 그리 좋아하지 않았다. 그는 일이 벌어지고 난 후에 나서서 상황을 정리하는 실전파였다.

실상 종철과 다른 남학생은 그를 믿고 거들먹거렸다고
해도 과언이 아니었다.

그런 광호가 뱀을 만난 개구리처럼 겁에 질려 벌벌 떨
고 있었다. 그들로서는 본 적이 없는 광경이었다.

지수와 그 일행의 표정도 종철 등과 크게 다르지 않았
다.

그들도 일이 어떻게 돌아가는지 제대로 파악이 안 된
것이다.

이혁은 눈살을 찌푸렸다.

"이름이 광호라고?"

"넵, 형님!"

"니 친구들 옆자리에 세워."

이혁은 손가락으로 광호의 좌우를 가리켰다.

광호는 무서운 속도로 종철과 다른 남학생의 팔을 잡아
자신의 옆에 세웠다. 광호의 이상한 행동으로 인해 종철
과 다른 남학생도 기가 꺾인 얼굴들이 되어 있었다.

그래도 광호보다는 아직 상태가 나았다.

그들은 이혁의 정체를 아직 모르고 있었으니까.

광호와 이혁의 눈치를 살피던 종철이 여전히 약간 거들
먹거리는 목소리로 물었다.

"실례지만 형님 성함이 어떻게 되십니까?"

"훗."

이혁은 피식 웃었다.

그의 시선이 광호를 향했다.

"귀찮다. 니가 말해."

지체 없이 광호가 입을 열었다.

"대전학생주먹의 신화, 미친개, 아니, 광견(狂犬) 이혁 형님이십니다!"

"이… 이혁……!"

"사비고……."

"……!"

이건 종철과 다른 남학생, 그리고 돌아가는 걸 지켜보던 사람들의 반응이었고.

"쿨럭!"

목이 멘 듯 밭은기침을 내뱉은 건 이혁이었다.

그는 광호라는 놈이 자신을 그렇게 소개할 거라고는 상상도 하지 못했다.

신화에, 광견이라니.

무슨 무협소설도 아니고.

이혁은 한숨을 내쉬며 하늘을 올려다보았다.

'하고 많은 별명 중에 미친개가 뭐냐…….'

늘 그 별명을 들을 때마다 작명을 처음 한 놈이 누군지 알게 되면 정말 치도곤을 내주고 싶었다.

그는 종철을 보며 입술을 뗐다.

"아직도 내가 누군지 궁금하냐?"

종철은 광호보다도 더 뻣뻣하게 굳은 자세로 대답했다.

"아닙니다, 형님!"

이혁은 혀를 찼다.

"내게는 니들같이 막돼먹은 동생이 없다."

광호는 내심 입술을 깨물었다.

개망신도 이런 개망신이 없었다. 하지만 대항할 생각 같은 건 꿈도 꾸지 못했다.

그럴 수밖에 없었다.

그는 얼마 전 공사장 안에서 대전의 학생조직들을 단신으로 쓸어버리던 이혁의 모습을 두 눈으로 똑똑히 본 사람이었기 때문이다.

당시 그가 본 이혁의 싸움 실력은 영화 속의 주인공들 저리 가라였다. 그는 현실에서 이혁처럼 싸울 수 있는 사람이 있다는 걸 그때 처음 알았다.

광호는 고개를 꺾었다.

"잘못했습니다, 용서해 주십시오."

이혁의 눈매가 서늘해졌다.

"참 편하게 사는 놈이구나. 일 터지고 빌면 만사 오케이냐? 세상 그렇게 만만하지 않다. 오늘 내가 그걸 알게 해주마. 고개 들어."

광호는 고개를 번쩍 들었다.

이혁의 시선이 종철을 향했다.

"내가 아니었어도 니들이 잘못했다고 용서를 구했을까?"

"……."

종철 등은 대답을 하지 못했다.

사실 상대가 이혁이 아니었으면 그들이 이런 상황에 처할 일도 없었을 것이다. 벌써 다구리를 놓고 있었지.

이혁이 말했다.

"그러다 임자 제대로 만나면 젊은 나이에 가는 수가 있다. 내가 그 진리를 너희들 몸과 마음에 똑똑하게 새겨주마. 입 다물어라."

마지막 말은 들릴 듯 말 듯 나직했다.

하지만 그 말을 듣는 종철 등은 가슴이 섬뜩해져 저절로 이를 앙다물었다.

이혁의 오른손이 번개처럼 움직였다.

쫘악-

"우왁!"

왼뺨에 선명한 손바닥 자국이 새겨진 종철의 두 다리가 허공으로 떴다. 그는 2, 3미터나 뒤로 날아가 구겨진 휴지처럼 바닥에 내동댕이쳐졌다.

우당탕-

광호 옆의 남학생 안색이 시체처럼 허옇게 질렸다. 그

는 멍하니 입을 벌렸다. 그는 따귀 한 방에 사람이 저렇게 날아가는 건 머리털 나고 처음 봤다.

그때 그의 귓가로 사신의 음성이 들려왔다.

"입 다물라고 했지!"

그는 본능적으로 이를 악물었다.

쫘악!

우당탕―

허공을 난 그는 종철의 옆에 사이좋게 나뒹굴었다. 그나마 다행한 것이 이를 다무는 타이밍이 적절했다는 것이었다. 그렇지 않았다면 그는 이가 몇 대는 나갔을 것이다.

광호는 눈을 질끈 감으며 이를 앙다물었다.

피할 수 없는 징치였다.

역시 예상대로 무시무시한 힘이 질린 손바닥이 그의 뺨을 후려쳤다.

쫘악!

우당탕―

바닥에 누운 셋은 잠시 일어나지도 못했다.

정신이 없는 것이다.

이혁의 시선이 그들과 함께 온 여자 셋을 향했다.

팬티가 보일 것 같은 짧은 치마에 화장이 진한 여학생 셋이 그의 시선을 받고 바들바들 떨었다.

그가 말했다.

"남친들 챙겨라. 그리고 앞으로는 새치기하지 마라. 누구 좋아서 줄 서고 있는 줄 아냐?"

그는 등을 돌렸다.

그리고 지수를 보았다.

지수는 그에게 엄지손가락을 들어 보이며 입술을 벙긋거렸다.

이혁의 얼굴이 일그러졌다.

지수는 이렇게 말하고 있었다.

"변태 오빠, 최고!"

제6장

덮개를 덮어 휴대폰을 끈 서복만의 미간이 잔뜩 좁아졌다. 그는 의자에서 벌떡 일어나 창가로 다가가며 중얼거렸다.

"황당하군······."

비서실장 조정대는 묵묵히 서복만의 다음 말을 기다렸다.

대전에서의 일을 주관하는 최동길의 전화였다. 그의 전화는 서복만의 기분을 단숨에 저기압으로 만들어놓았다. 이럴 때는 기다리는 게 현명했다. 전화 내용이야 어차피 잠시 후 알게 될 터라 물어볼 필요는 없는 것이다.

서복만의 시선이 조정대를 향했다.

"조 실장."

"예, 회장님."

서복만이 쓴웃음을 지으며 말했다.

"아무래도 다이키가 내게 말했던 것과 다른 짓을 하고 있었던 것 같다."

조정대는 어리둥절한 얼굴이 되어 반문했다.

"예? 그게 무슨 말씀이십니까?"

"그자는 대전에서 바이러스 따위를 실험하고 있었던 게 아닌 모양이야."

조정대의 안색이 살짝 변했다.

막대한 대가가 약속된 계약이었다.

약속과 다른 내용이 개입된다면 그건 작은 일일 수 없었다.

서복만이 말을 이었다.

"동길이는 다이키가 데려온 자들이 지하에서 '약'을 만들고 있던 거 같지 않다고 해. 그들은 그곳에서 어떤 '존재'를 실험하고 있었던 듯하다는군. 그리고 실험 도중에 문제가 생겨서 방금 전 그 '존재'가 실험실 안에 있던 다이키의 사람들을 몰살시키고 탈출했다고 한다."

샤프한 두뇌 회전으로 명성이 자자한 조정대도 서복만의 얘기를 한 번에 이해할 수는 없었다. 그는 조금은 멍한 눈빛이 되어 서복만을 보았다.

어떤 '존재' 라니.

그게 대체 무슨 뜻이란 말인가.

최근 10여 년 동안 그가 이처럼 혼란스러운 표정을 지은 적은 한 번도 없었다. 그런 기색을 서복만이 좋아하지도 않았고.

서복만은 혀를 찼다. 하지만 심적 혼란에 빠진 조정대를 타박할 마음은 없었다. 크게 내색하고 있지는 않아도 그 또한 조정대의 심정과 다르지 않았기 때문이었다.

어느 정도 표정을 수습한 조정대가 물었다.

"그렇다면 다이키 회장이 우리를 속이고 이용한 것이로군요."

서복만은 고개를 끄덕이며 말했다.

"그런 셈이지. 문제는……."

조정대는 숨을 죽였다.

"탈출한 그 '존재' 라는 것들이 무슨 짓을 할지 모른다는 거야. 동길이 말로는 그것들이 밖에서도 실험실에서와 같은 일을 벌인다면 아마도 대전에 계엄령이 선포될지도 모른다고 하더군."

조정대의 표정이 뜨악해졌다.

"계엄령이요?"

이 나라에 마지막으로 계엄령이 선포되었을 때 그는 초등학생이었다. 아득한 딴 나라 용어처럼 들릴 수밖에 없는 것이다.

서복만의 안색이 차갑게 변했다.

"일단 돌아가는 상황을 지켜봐야 하겠지만 다이키가 감당할 수 없는 짓을 한 것이라면······. '바이러스'의 실험은 아무리 많은 사람이 죽어나가도 우리가 드러날 염려는 없었네. 충분히 물타기가 가능한 것이었지. 하지만 동길이의 말과 같은 '존재'들이 살육을 벌인다면 그건 문제가 완전히 달라. 우리가 위험해질 수도 있네."

이번에는 조정대도 서복만의 말에 담긴 뜻을 대번에 이해했다.

그는 고개를 숙이며 말했다.

"흔적을 지울 준비를 해놓겠습니다."

서복만은 고개를 끄덕였다.

"그렇게 해."

조정대는 허리를 깊숙이 숙여 인사를 하고 등을 돌렸다.

그의 얼굴에 옅은 긴장의 빛이 떠올라 있었다.

흔적을 지우는 과정에서 다이키 측과 어떤 충돌이 빚어질지 알 수 없었다. 하지만 이곳은 대한민국, 적어도 절반의 밤을 지배하는 태룡의 땅이었다.

*   *   *

후욱― 후욱―

3층 빌라의 기와형 지붕 그늘 속에서 거친 숨소리가 나직하게 흘러나왔다.

지붕에 엎드린 채 거리를 응시하는 둘의 어깨가 수백 미터를 전력 질주하기라도 한 것처럼 들썩였다.

검어야 할 동공이 피구덩이를 담은 듯 붉디붉었고, 살짝 벌어진 입술과 끊임없이 콧방울이 움직이고 있는 코에서는 후끈한 열기가 뿜어져 나왔다.

그들은 오래전 생명이 스러진 존재였다. 감정이 있을 수 없었다. 그러나 지금 거리를 응시하는 그들의 눈은 미칠 듯한 욕망과 갈증으로 가득 차 있었다.

둘은 서로를 돌아보았다.

그들은 서로가 무엇을 원하는지 즉시 깨달았다.

신선하고 활력이 가득 차서 느끼는 것만으로도 온몸에 전율이 일어나는 기운.

그들이 느끼는 끔찍한 갈증을 식혀줄 수 있는 무언가가 그들을 블랙홀처럼 끌어당기고 있었다.

그 기운과의 거리는 상당히 멀었다. 하지만 그들에게 거리는 아무런 문제가 되지 않았다.

둘은 거의 동시에 지붕을 박찼다.

소리 없이 그들의 몸이 10여 미터 떨어진 옆 건물의 지붕 위로 이동했다.

무서운 속도였고, 믿을 수 없는 도약이었다.

그들의 발은 멈추지 않았다.

가공할 속도로 지붕과 지붕을 건너뛰며 그들은 자신들을 끌어당기는 것이 있는 곳으로 미친 듯이 질주하기 시작했다.

*   *   *

'동물원 원숭이가 따로 없네…….'

이혁은 눈을 가리던 모자를 더 깊이 눌러 썼다. 거의 콧등을 덮을 정도여서 그의 얼굴의 반 이상이 보이지 않게 되었다.

대기 줄에서 사소한(?) 해프닝이 벌어진 이후 그의 주변은 그야말로 쥐 죽은 듯 조용해졌다.

지수의 일행인 남학생들은 숨도 제대로 쉬지 못했고, 앞뒤 줄의 남녀학생들도 대화를 그쳤다. 다들 시간이 지나며 간간이 입을 열긴 했다. 하지만 그의 눈치를 살피며 음성을 낮추는 기색이 확연했다.

그는 한 번도 이런 분위기를 바랐던 적이 없었다.

그에게 귀뺨을 얻어맞은 셋은 자신들이 개망신을 당했다고 생각할 테지만 실상 그 생각은 이혁이 더 강했다.

평범한 아이들을 대상으로 군기를 잡는데 능력을 쓰는 건 그를 가르친 스승의 얼굴에 먹칠을 하는 짓이었다. 나아가 그 자신에게도 창피한 일이었고.

그의 능력은 게임에서 치트키를 쓰는 것과 다를 바 없는 결과를 낸다. 아무도 몰랐지만 스스로는 '반칙'임을 알고 있는 것이다.

'생각보다 내가 더 유명해진 모양이로군.'

이혁은 터져 나오려는 한숨을 참기가 힘들었다.

'진짜 대전은 터가 나하고 맞지 않아.'

돌이켜 보면 이곳에 온 후 그의 뜻대로 되는 일은 없다시피 했다.

이런저런 일들에 계속 엮였고, 처음에는 작은 돌풍처럼 보였던 것들이 며칠 지나면 허리케인 급으로 덩치가 커졌다.

지금 그가 처한 상황이 그 결과 중 하나였다.

침묵은 공연장에 들어설 즈음 일행 중 한 명이 이혁에게 말을 걸며 깨졌다.

아까 벌어졌던 일의 당사자인 준호가 어색한 어조로 입을 열었다.

"처음 형 이름을 들었을 때 설마 하면서 이름이 같은 사람이겠지라고 생각했어요. 지수가 형 얘기는 전혀 한 적이 없어서… 생각도 못 했습니다."

이혁은 모자를 슬쩍 들어 올리며 준호를 돌아보았다.

그는 쓰게 웃으며 말했다.

"동명이인이라고 생각하는 게 나를 돕는 거다. 나 신경 쓰지 말고 공연을 즐겨라. 너희가 계속 그러면 내가 미안하잖나."

그의 말에 일행의 분위기가 밝아졌다.

일행은 고작해야 중3에서 고2밖에 되지 않는 소년소녀들이었다. 그 나잇대는 신중이나 진지 혹은 엄숙이라는 말과는 거리가 지구와 안드로메다만큼이나 멀다.

답답한 분위기를 이혁이 먼저 깨고 싶다는 뜻을 피력하자 다들 내심 쌍수를 들고 환영할 수밖에 없었다.

그렇다고 이혁에게 궁금한 걸 묻는 사람은 없었다. 그러기에는 이혁의 존재감이 너무 큰 탓이었다. 물론, 지수는 예외다.

이혁은 팔꿈치가 뭉클한 느낌에 옆을 돌아보았다.

지수가 그를 올려다보며 그의 팔을 품에 안고 힘을 잔뜩 주고 있었다.

'이 꼬맹이도 여자긴 여자네.'

이혁은 피식 웃었다.

이수하에 비할 수 없이 빈약하긴 해도 지수도 가슴이란 것이 있기는 했다.

지수가 그를 보며 입을 열었다.

"오빠, 계속 내 보디가드 하는 건 어때?"

"싫다."

지수의 볼이 빵빵해졌다.

"힝… 정말 든든한데… 진지하게 생각해 봐. 내 보디가드 하고 싶어 하는 남자애들이 얼마나 많은데!"

이혁은 지수의 콧날을 살짝 비틀며 심드렁하게 대꾸했다.

"걔들 시켜줘. 난 사양이다."

지수가 코를 찡그리며 말했다.

"나중에 후회할 거야. 내가 지금 어려서 이렇지, 크면 오빠 눈이 튀어나올 정도로 예뻐질 테니까. 그때 가서 후회하지 말고 있을 때 잘하라고!"

자신만만한 목소리였다.

이혁은 커다란 손으로 지수의 머리카락을 헝클어뜨리며 풀썩 웃었다.

"홋, 누가 뭐라고 했냐? 망상은 언제든 자유야."

말은 그렇게 했지만 그는 수년 내에 지수의 말이 현실화될 거라고 생각했다.

만개하지 못한 상태인 지금도 지수의 외모는 보기 드문 수준이었으니까. 그러나 그와는 상관이 없는 일이었다.

그의 미래는 스스로도 예측을 할 수 없는 것이지 않던가. 그래도 한 가지는 장담할 수 있었다. 미래의 그는 그녀를 볼 수 있을 만큼 평온한 날을 보내고 있지는 않을 거라는 걸.

이혁의 눈 깊은 곳에 음울한 기색이 떠올랐다. 하지만 그 기색은 바로 사라졌다.

지금은 미래를 생각할 시간이 아니었다.

그는 휴가 중(?)이었으니까.

가벼운 농담을 주고받는 사이 그들은 무역전시관 내의 공연장에 도착했다.

"까악!"

안으로 들어서기도 전에 비명 소리를 연상시키는 여학생들의 요란한 괴성이 귀를 파고들었다.

내심 고개를 저은 이혁은 일행과 함께 안으로 들어갔다. 후끈한 열기가 훅하고 일행의 얼굴을 덮쳤다.

공연장 안의 객석은 통로까지 사람으로 가득 차 있었다. 언뜻 보아도 4, 5천 명은 됨직한 숫자였다.

냉방장치가 잘되어 있었지만 그것으로는 객석의 열기를 다 식히지 못했다.

잠시 후 화려한 조명이 무대를 비추며 꽤 이름이 알려진 개그맨이 사회자로 나왔다. 물론, 이혁은 그를 이 자리에서 처음 보았다.

공연이 시작되었다.

'샤크'는 지수가 사전설명해 준 것처럼 꽃미남들로 구

성된 그룹이었다.

키가 훤칠한 그들은 얇고 단출한 옷을 입고 있었다. 몸매는 늘씬했고 근육이 제대로 붙어 있었다.

짐승남 소리를 들을 정도까지는 아니어도 확실하게 스타일이 사는 몸매였다.

활짝 웃으며 나타난 그들이 인사를 한 후 1집에 실린 '스핑크스' 라는 곡으로 스타트를 했다.

객석은 말 그대로 난리가 났다.

의자가 있었지만 앉아 있는 사람은 아무도 없었다. 펄쩍펄쩍 뛰며 멤버들의 이름을 연호하고… 노래를 따라 부르고…….

개중에는 흥분을 이기지 못해 우는 여학생들도 심심치 않게 볼 수 있었다. 기절하지 않을까 걱정스러운 모습을 보이는 여학생들도 드물지 않았다.

그들 속에 지수와 그 일행이 있었다.

무역전시관 공연장 객석은 계단식으로 되어 있지 않다. 평지 형태이고 무대는 조금 높았다. 객석의 중간 이후 뒷자리에서는 무대를 보기 어려운 구조였다.

당연히 앞의 사람들을 비집고 들어가려는 사람들이 있었고, 그들로 인해 객석은 복잡하고 혼란스러웠다.

다행히 대다수의 관객들은 자리를 지켰다. 더불어 잘 눈에 띄지 않는 곳곳에서 행사요원들이 비지땀을 흘리며 질서를 유지하기 위해 노력하고 있었다.

그렇지 않았다면 장내는 바로 난장판이 되었을 것이다.

잠시 주변을 돌아본 이혁은 이마를 찡그리며 천장을 멍하니 올려다보았다.

'이건 뭐…….'

이혁으로서는 도저히 이해할 수 없는 장면이고 감성이었다.

춤이나 노래에는 별 관심이 없는 이혁은 그들이 괜찮은 가수들인지 알 수 없었다. 그런 평가를 하고 싶은 생각도 없었다. 사실 음표를 읽을 줄도 모르는 터라 그럴 능력을 갖고 있지도 않았다.

그는 이 시간이 빨리 지나가기만을 바랐다.

비트가 빠른 음악은 뇌를 쿵쿵 울렸고, 랩이 많이 섞인 노래는 무슨 내용인지 알아듣기 어려웠다. 게다가 공연장을 가득 채운 사람들이 쉴 새 없이 질러대는 괴성은 철벽과도 같은 그의 속을 사정없이 뒤흔들었다.

'티엔티 녀석들과 싸울 때가 훨씬 나았다…….'

솔직한 심정이었다.

"꺄악!"

"샤크 샤크!"

모깃소리처럼 작았던 소리가 이제는 뚜렷하게 들렸다.

거리가 가까워진 것이다.

진한 향기가 그들의 전신을 휘감았다.

그들의 갈증은 더욱 강해졌다.

그들의 입가로 한 가닥 침이 흘렀다.

그들의 침은 투명하지 않았다.

그것은 흑갈색을 띠고 있었고 진득했다.

허억… 허억…….

그들의 숨이 거칠어졌다.

붉은 동공이 불길한 빛을 발했다.

＊　　　　＊　　　　＊

100인치가 넘어 보이는 거대한 화면에 보이는 건 복잡한 도시의 모습이었다.

조금씩 어두워져 가는 도시의 건물 위로 두 개의 점이 무서운 속도로 질주하고 있었다. 그들을 촬영하는 것이 버거운 듯 카메라의 화면은 쉴 새 없이 진동했다. 종종 질주하는 존재의 모습이 화면에서 사라지기도 했다. 카메라가 놓친 것이다.

화면을 주시하던 미청년은 흘러내려 눈앞에 하늘거리는 백금색 머리카락을 걷어냈다. 그의 얼굴에는 흥미로워하는 기색이 가득했다.

"저것들의 속도가 내 생각보다 두 배는 빠른 듯하구나. 어떻게 된 일이냐?"

화면 속에 보이는 모습이 마음에 드는 듯 질문하는 그의 어투는 유쾌했다.

옆에 두 손을 모으고 공손한 자세로 시립해 있던 사토가 고개를 살짝 숙이며 대답했다.

"제가 저것들을 깨우기 전에 다이키가 혈륜(血輪)을 돌렸습니다, 주인님. 조금 과하게 돌려서 저들은 현재 폭주 직전의 상태입니다."

백금발 청년은 조금 어리둥절한 얼굴로 고개를 갸웃하며 사토에게 시선을 돌렸다.

"혈륜을? 저것들이 치명상이라도 입었단 것이냐?"

사토가 했던 말의 앞뒤는 전혀 기억에 남지 않은 듯 그는 혈륜이라는 단어만을 입에 올렸다.

사토는 공손하게 대답했다.

"제가 도착했을 때는 혈륜이 막바지에 달해 있던 시점이라 저간의 사정이 어떠했는지는 파악하지 못했습니다. 다만 저것들이 상당히 큰 상처를 입었던 건 사실인 것 같습니다. 혈륜을 돌리기 위해 재료로 제공된 인간들이 들어 있던 유리캡슐의 수가 근 일백에 달했습니다."

"그래?"

백금발 청년의 눈빛이 깊어졌다.

지그시 눈을 감은 그가 낮은 목소리로 중얼거렸다.

"한국 내에서 마루타가 그 정도의 타격을 받으려면 군대가 움직여야 했을 텐데……."

눈을 뜬 그가 시선을 들어 사토를 보았다.

"네가 사정을 파악하지 못했다는 건 대전시 내외에서 대규모 군작전이 시행된 흔적이 없다는 거겠지?"

"그렇습니다, 주인님."

사토는 말을 이었다.

"군과 경찰을 비롯해 여러 경로로 확인했지만 최근 그 지역에서 총기나 화약류 무기가 사용된 전투는 벌어진 적이 없었습니다."

백금발의 청년은 긴 손가락으로 자신의 턱을 어루만졌다.

생각에 잠길 때 나오는 그의 버릇이었다.

잠시 후 그가 입술을 뗐다.

"재미있구나……. 마루타의 몸은 총알이 박히지 않을 만큼 단단하다. 그런데 철벽과도 같은 그들의 몸을, 혈륜을 시행해야 할 정도로 망가뜨린 무언가가 대전에 있단 말이지……."

턱을 어루만지는 손길이 느려졌다.

그가 사토에게 물었다.

"그럴 수 있는 게 무엇이 있을까?"

사토는 지체 없이 대답했다.

"가능성은 셋입니다."

"셋? 말해보아라."

"첫째는 또 다른 마루타입니다. 두 번째는 영능력자입니다. 마지막 세 번째는 고대 무예의 전승자입니다."

그의 대답은 간단명료했다.

백금발 청년의 눈이 가늘어졌다. 그 눈에 기묘한 빛이 일렁였다.

그가 다시 물었다.

"셋 중 가장 가능성이 큰 건?"

"두 번째입니다."

"왜 그렇게 생각하는 거냐?"

"대전의 마루타는 주인님의 지시로 가네무라 슈이치가 만든 것입니다. 종전 직전 흩어진 자료의 일부를 지닌 자들이 또 다른 마루타를 복원했을 가능성이 있긴 합니다. 하지만 설령 그들이 마루타를 복원했다 하더라도 그들이 지닌 자료로는 가네무라의 마루타보다 나은 것을 만들 수 없습니다."

백금발의 청년은 고개를 끄덕였다.

그는 사토가 하는 얘기에 등장하는 것들에 대해 가장 잘 아는 사람이었다.

그가 담담한 어조로 말을 받았다.

"일리가 있다. 그럼 세 번째는 왜 가능성이 적다고 보았느냐?"

"일본제국이 조선을 지배했을 당시 한국 고유의 고대무예를 전승받았던 자들은 대부분 제거되었습니다. 당시 파악되었던 고대 무예는 7종이었으며 그중 6종의 후예가 발견되어 조선 국내에서 5종의 전승자가 제거되었고, 1종의 전승자는 중국으로 도피하였습니다. 파악되지 않은 1종은 그 맥을 이은 자가 발견되지 않아 오래전 단절된 것으로 추정되었습니다."

사토는 조심스럽게 백금발 청년의 기색을 살피며 말을 이었다.

"합방 이후 지속된 조선고대무예전승자에 대한 척살작업은 1935년경 마무리되었습니다. 중국으로 도피한 전승자의 시신이 흑룡강 부근에서 발견된 것이 그 해입니다. 그 이후 그들의 흔적이 발견된 적은 없습니다. 그들의 후예 중 잔존한 자가 있을 지도 의문스러울뿐더러 근 80여 년간 종적이 묘연했던 그들의 후예가 갑자기 대전에 나타나 마루타와 충돌할 가능성은 전무에 가깝습니다."

백금발 청년의 눈매가 휘어졌다.

웃음이었다.

사토의 대답이 마음에 든 것이다.

그는 소리 없이 미소를 지으며 물었다.

"영능력자의 가능성을 가장 높게 본 이유는 무엇이더냐?"

"미국이 움직이고 있기 때문입니다."

"미국이?"

되묻는 백금발 청년의 얼굴에 호기심이 떠올랐다.

사토는 고개를 끄덕였다.

"그렇습니다, 주인님. 마루타들이 대전시 내에서 두 건의 살인사건을 일으켰는데 그게 미국의 관심을 끈 듯합니다. 아직 확실하게 파악된 건 아닙니다만 미국 외에도 여러 강대국들이 대전에 관심을 보이고 있는 것으로 추정됩니다. 이런 유형의 사건이라면 그들은 감당이 가능한 능력자들을 파견할 겁니다."

"그래서 영능력자라?"

"예, 주인님."

"내가 잠든 사이 그들의 영능력자 연구가 마루타를 위협할 정도의 수준까지 올라갔나?"

"연구가 진척된 것보다는……."

사토는 잠시 말을 골랐다.

그가 말을 이었다.

"선천적으로 강력한 영능력을 타고난 자들의 수가 늘어나고 있습니다."

백금발 청년의 눈빛이 미묘해졌다.

"언제부터?"

"90년대 중반부터로 추정됩니다만 자료를 얻기가 쉽지 않아 애를 먹고 있는 중입니다. 그 분야에 대한 강대국들의 정보통제는 철옹성에 가깝습니다."

사토의 대답에 백금발 청년은 작게 고개를 끄덕였다.

"그렇겠지……."

사토가 말을 받았다.

"하지만 오래 걸리지는 않을 것입니다. 그들의 정보망에 틈을 만들기 위해 오랜 시간 노력했고, 얼마 전부터 성과가 나고 있으니까요."

"좋군."

백금발 청년은 싱긋 웃었다. 그리고 다시 화면으로 시선을 돌리며 물었다.

"마루타에게 타격을 가한 존재가 무엇인지 언제까지 알 수 있느냐?"

"얼마 전부터 한국의 국정원이 대전 상황을 직접 통제하기 시작해서 시간이 필요합니다."

백금발 청년은 의자에 등을 푹 파묻었다.

그는 싱긋 웃으며 말했다.

"내가 잠들어 있는 동안 네가 키운 조직의 질과 양이 어느 정도인지 확인할 수 있는 기회가 되겠구나."

사토는 깊숙이 허리를 숙였다.

"실망하시지 않으실 것입니다, 주인님."

"기대하마."

백금발 청년과 사토의 시선이 화면을 향했다.

화면 속 움직임이 느려지고 있었다.

조금씩 어두워져 가는 하늘 아래 거대한 건물이 드러났다.

백금발 청년은 기대 어린 눈으로 화면을 주시했다.

그가 중얼거렸다.

"멋진 영화가 되겠어."

사토는 빙그레 웃었다.

주인의 기쁨은 그가 살아가는 이유였다.

＊　　　＊　　　＊

이혁은 바지 뒤 호주머니에 손을 집어놓고 지수의 뒤에 서서 무대에 시선을 주고 있었다.

외견상 공연을 지켜보고 있는 듯했다. 하지만 조금만 그에게 주의를 기울인다면 그가 반쯤 졸고 있다는 것을 알 수 있을 터였다.

눈만 뜨고 있을 뿐 정신은 딴 세상에 가 있는 것이다.

지수와 일행은 막말로 난리부르스를 추며 공연을 즐겼다.

노래를 따라 부르고 춤을 추고… 괴성도 지르고…….

바로 코앞에서 일행이 온갖 광태(?)를 보이고 있었지만 이혁의 표정은 평온하기 그지없었다. 귀가 먹은 사람이라도 된 듯했다.

사실, 지금 그의 귀는 막혀 있어 아무 소리도 들리지 않았다.

샤크가 부른 앞의 두어 곡을 들은 뒤 바로 사문의 비전을 이용해 청각 기능을 차단했기 때문이었다.

비몽사몽을 헤매며 몽롱하게 풀려 있던 이혁의 눈에 갑자기 확 초점이 돌아왔다.

그는 미간을 찡그리며 사방을 돌아보았다.

조금씩 그의 눈에 긴장된 기색이 떠올랐다.

'오싹한데… 뭐지?'

공연장은 냉방장치가 잘되어 있긴 해도 안을 꽉 채운 관객들이 뿜어내는 열기로 인해 후끈거린다 싶을 정도로 더웠다.

한기를 느낄 여건이 전혀 되지 않는데도 그는 등골이 오싹해지는 느낌을 받고 있었다. 그리고 그 느낌은 빠르게 강해졌다.

이혁은 호주머니에서 손을 꺼냈다.

팔뚝에 가는 소름이 돋아 있었다.

그는 자신을 소름 돋게 한 느낌의 정체를 어렵지 않게

알아냈다. 보통 사람이라면 영문을 몰라 할 느낌이지만 그에게는 익숙한 것이었기 때문이다.

그의 안색이 딱딱해졌다.

'이건… 살기다. 이곳으로 다가오고 있다……'

살기가 접근하는 속도는 무섭게 빨랐다. 공간을 접어 건너뛰는 것이 아닌가 의심스러울 정도였다.

사람이라면 이런 속도로 달릴 수 없다.

'사람이 아니다.'

긴장의 강도가 높아졌다.

얼마 전까지였다면 그는 대전 시내에서 이런 느낌을 받는 걸 황당하게 여겼을 것이다. 하지만 지금은 그렇지 않았다.

저처럼 음침하고 탁한 살기를 흘리며 저런 속도로 달릴 수 있는 존재가 실재한다는 걸 직접 몸으로 확인한 게 불과 수일 전의 일이었다.

'그것들이다.'

그는 확신했다.

살기에도 지문과 같은 특징이 있다.

비록 미세한 차이이긴 하지만 검을 쓰는 자의 살기와 창을 쓰는 자의 살기는 다르다. 거기에 개인적인 성향까지 복합되면 살기에도 지문과 같은 특징이 생기는 것이다.

이혁은 그것을 구분할 수 있는 능력이 있었다.

지금 그의 전신으로 전해져 오는 살기가 며칠 전 어둠 속에서 그가 겪었던 것과 동일하다는 건 의심의 여지가 없었다.

그의 눈빛이 무거워졌다.

'살기가… 짙고 예리해졌다……. 움직임도 그때보다 더 빨라졌다…….'

그는 자신이 받은 느낌이 무엇을 의미하는지 정확하게 알고 있었다.

'나와 싸울 때보다 훨씬 강해진 것 같구나…….'

앞에서 만세라도 하는지 두 팔을 번쩍 들고 펄쩍펄쩍 뛰고 있는 지수 일행을 보는 그의 눈이 어둡게 가라앉았다.

지수 일행을 떠난 그의 시선이 장내를 번개처럼 훑었다.

그의 안색이 어두워졌다.

때와 장소가 정말 좋지 않았다.

'그것' 들이 며칠 전보다 강해졌다면 결과는 예측불허였다.

'팔자에 없는 히어로 노릇을 하게 생겼군. 할 수 있는 데까지는 해봐야겠지.'

그는 휴대폰을 꺼내 단축번호를 눌렀다.

신호가 몇 번 간 후 상대가 전화를 받았다.

[나 바빠!]

맑은 고음.

이수하였다.

"올 스톱. 당장 경찰 데리고 무역전시관 공연장으로 와. 늦으면 이곳은 시체로 뒤덮일 거야. 피로 목욕할 맘 없으면 최대한 빨리 와야 할 거야."

이혁은 필요한 말만 한 후 전화를 덮었다.

[야— 이혁!]

휴대폰 너머에서 이수하가 뭐라 말하며 소리를 질렀지만, 그녀에게 상세하게 설명할 시간이 없었다.

정확하게 거리를 측정할 수는 없었지만 '그것' 들은 곧 이곳에 도착할 터였다.

제7장

저녁 6시가 지나고 있었지만 한 면을 다 차지하고 있는 대형 유리창의 바깥은 아직 어둠이 내리지 않고 있었다.

계절은 여름의 한복판을 지나가고 있는 것이다.

등받이가 높은 회전의자에 몸을 묻고 있던 다이키는 이를 악물었다. 동시에 그는 손끝으로 관자놀이를 지그시 눌렀다.

골이 터질 듯 지끈거리고 있었다.

그의 수족인 타카이는 최동길의 주선으로 최일을 만나러 갔다. 출발한 지 얼마 되지 않았기 때문에 결과가 나오려면 시간이 걸릴 터였다.

그는 손바닥으로 얼굴을 쓸어내렸다. 손바닥을 허벅지에

올려놓은 그는 머리를 의자에 대고 천장을 올려다보았다.

눈동자가 고정되어 있지 않았다.

그의 입술이 작게 달싹거렸다.

"어떻게 이런 일이 일어난 걸까……."

넋이 나간 듯 붕 뜬 어투였다.

그는 지하실험실에서 일어난 일을 전혀 이해할 수 없었다.

실험의 책임자였던 나카모토는 마루타들이 폭주하며 통제를 벗어나는 일이 생길 가능성에 대해서는 일고의 가치도 없다고 했었다.

마루타는 이미 죽은 자들이었다.

인위적인 조작이 가해지지 않는다면 그들은 썩지 않는 시체에 불과했다. 그들이 독자적인 판단과 스스로의 힘으로 움직이는 건 불가능했다. 그런데 그 불가능한 일이 벌어진 것이다.

다이키는 어리석지 않았다.

흐트러졌던 눈동자에 초점이 잡혔다.

"누군가… 마루타를 깨웠다면?"

생각할 수 있는 유일한 가능성이었다.

그는 두 손을 깍지 낀 채 계속해서 중얼거렸다.

생각을 정리할 필요가 있었다.

"그들의 존재를 알고 있는 건 우리밖에 없다. 서 회장도 그가 이곳에 보낸 자들도 마루타에 대해서는 알지 못한다. 그들이 알고 있는 건 다른 지하실험실에서 대량의 마약이 만들어지고 있다는 것과 그것을 이용해 바이러스를 만든다는 것, 그리고 그 바이러스를 납치한 자들에게 실험하고 있다는 정도다. 게다가 서 회장이 마루타를 폭주시켜 얻을 수 있는 건 아무것도 없다. 마루타들이 날뛰면 오히려 해가 될 뿐이지. 그렇다면……."

벌떡 소리가 들릴 정도로 허리를 꼿꼿이 세운 그의 눈에 광기와도 같은 빛이 이글거리듯 떠올랐다.

"제삼자다!"

낮은 외침.

하지만 곧 그 강렬한 빛은 불꽃이 꺼지듯 서서히 사그라졌다.

"어떻게 제삼자가 있을 수 있단 말인가. 마루타의 존재는 우리도 슈이치의 자료를 얻고 나서야 알게 되었다. 다른 자들은 알고 있을 가능성이 없다. 알고 있었다면 내가 발견할 때까지 마루타들이 이곳에 묻혀 있었을 리가 없으니까."

아무리 생각해도 제삼자의 정체가 짐작되지 않았다.

다이키의 가라앉은 눈동자는 혼돈에 휩싸였다.

답이 나오지 않는 것이다.

지나친 집중은 빠르게 피로를 몰고 온다.

다이키는 지친 기색으로 의자에 등을 묻었다.

그때 문에서 노크 소리가 났다.

똑똑.

"들어오시게."

문을 열고 들어온 사내가 다이키에게 목례를 했다.

다이키의 눈에 의아한 기색이 떠올랐다.

"최 부장?"

들어온 사내는 최동길이었다. 다이키는 그래서 더 이상했다. 최동길은 타카이와 함께 최일을 만난다면 나가지 않았던가.

그가 물었다.

"타카이와 함께 가지 않았나?"

최동길은 담담하게 웃으며 대답했다.

"대전에도 제 얼굴을 아는 자들이 여럿 있습니다. 그들이 제가 최일 사장을 만나는 걸 본다면 궁금해할 게 뻔해서 타카이님과 최 사장의 접견은 부하를 시켰습니다."

이곳은 철저하게 보안이 유지되어야 하는 곳이다. 그래서 다이키는 최동길의 대답에 별 의심을 하지 않고 넘어갔다.

최동길은 다이키의 옆으로 다가서며 말을 이었다.

"저희도 서두르고 있고 대전도 좁은 곳이라 최 사장의 답변을 얻기까지 오래 걸리지는 않을 겁니다. 제가 그때까지 회장님을 경호할 생각입니다. 타카이님에 비할 수는 없겠지만 이해해 주시면 감사하겠습니다."

다이키는 고개를 끄덕였다.

"좋을 대로 하시게."

가볍게 고개를 숙여 감사를 표한 최동길은 창밖을 보며 앉아 있는 다이키의 뒤에 가서 우뚝 섰다.

그의 입가에 서늘한 미소가 떠올랐다. 하지만 다이키는 그것을 보지 못했다.

                    *   *   *

이혁의 강철처럼 단단한 손길이 지수의 어깨를 확 잡아챘다.

그 손길은 일체의 망설임도 배려도 없었다.

머리가 덜컥할 정도로 몸이 젖혀진 지수가 놀라 이혁을 돌아보았다.

이혁은 지수의 귀에 입술을 갖다 붙였다.

"여길 나가야 해. 너희들 전부. 지금 당장!"

그의 음성은 무겁고 딱딱했다.

지수의 얼굴에 얼떨떨하다는 표정이 떠올랐다. 그녀는 한 번도 그가 자신에게 이런 톤으로 말하는 걸 들어본 적이 없었다.

"왜 그래, 오빠?"

이혁은 그녀의 귀에 입을 댄 채로 말했다.

"여기 있으면 죽는다."

짧고 감정이 담겨 있지 않은 말투였다.

소름이 확 돋은 그녀는 고개를 돌려 이혁을 올려다보았다.

당연히 거부하기 위해서였다.

공연은 절정을 향해 치닫고 있었고, 기분은 하늘을 나는 듯한 시점이었다. 이럴 때 밖으로 나가자는 건 말도 되지 않았다.

이혁과 눈이 마주친 지수는 온몸을 감싸고 있던 흥분이 싸악 가시는 것을 느꼈다. 길 가다가 소나기라도 맞은 것만 같았다.

이혁의 눈빛은 차갑고 강렬했다.

장난기나 농담의 기색은 흔적도 없었다.

지수는 이혁이 진심이라는 것과 무서울 정도로 진지하다는 것을 느꼈다. 그리고 거부하는 건 상상도 할 수 없는, 그에게서 볼 것이라고는 생각해 본 적도 없는 무거운 박력도 함께.

그녀는 기가 질려 시선을 내리며 옆의 친구들을 잡아당겼다.

어리둥절한 안색으로 지수의 친구들이 그녀를 돌아보았다.

지수가 소리 질렀다.

"나가야 돼!"

"왜?"

"그게 무슨 소리니?"

"너, 미친 거 아니야?"

친구들이 황당해하며 그녀의 말을 받았다.

지수는 친구들과 그 남친들의 팔을 일일이 잡아당겨 주의를 자신에게 돌렸다. 그리고 입술을 깨물며 재차 소리 질렀다.

"묻지 말고 이번만 내 부탁 들어줘. 지금 당장 나가야 한단 말이야!"

일행이 전부 지수를 돌아보았다.

그들은 지수가 농담을 하고 있지 않다는 것을 알았다.

영문을 알 수 없었지만 지수는 정말 진지했다.

일행은 서로를 돌아보며 어깨를 으쓱했다.

지수는 머리도 좋고 예쁜데다 성격도 활달하고 유머감각도 상당했다. 그런 장점들이 그녀를 은연중 여학생들 사이의 리더로 만들었다. 그래서인지 남학생들도 평소 그녀가 요구하는 걸 대부분 들어주는 편이었다.

지금의 요구는 무리한 것이었지만 지수의 기색은 간절하기까지 해서 남학생들은 도저히 거부할 수가 없었다.

일행이 자신의 얘기를 들어주겠다는 기색을 보이자 지

수는 이혁에게 고개를 돌렸다.

이혁은 손을 펴서 지수의 머리를 헝클어뜨리며 그녀의 귀에 대고 빠르게 말했다.

"따라와."

지수가 자석처럼 이혁의 옆에 붙어 걸음을 옮기는 것을 본 일행은 다들 어쩔 수 없다는 기색으로 지수의 뒤를 따랐다.

이혁은 앞장서서 길을 뚫었다.

관객들이 일어나서 광분하고 있는 상황이라 뚫고 나가는 것도 작은 일이 아니었다. 그러나 평지를 걷기라도 하는 것처럼 일행이 전진하는 속도는 빨랐다.

이혁의 손이 사람들의 몸에 슬쩍 닿기만 하면 길이 생겨났기 때문이다.

정신없이 사람들을 헤치고 앞으로 전진하던 이혁의 눈이 번뜩였다. 불과 6, 7미터밖에 떨어지지 않은 곳에 녹색으로 빛나는 비상구판넬이 보였다.

저곳만 나서면 지수 일행을 안전한 곳으로 피신시킬 수 있었다.

비상구에 거의 도달한 상태라 이혁의 얼굴은 밝아져야 정상이었다. 그러나 그의 안색은 반대의 모습을 보였다.

반대편에 있는 비상구 쪽으로 시선을 돌리는 그의 눈매가 사정없이 일그러졌다.

'왔다!'

쾅!

폭탄이 터진 듯했다.

산산조각난 비상구 문짝이 뿌연 먼지와 함께 근처 10여 미터를 뒤덮었다.

"아악!"

"까아악!"

조각난 문짝에 얻어맞은 수십 명의 사람이 고통스런 비명과 함께 이리저리 나뒹굴었다.

이마가 터진 사람, 볼이 찢긴 사람, 한쪽 눈에 파편이 꽂힌 사람……

굉음처럼 울리는 음악 소리에 묻히기에는 다친 사람의 숫자가 너무 많았다.

"뭐야?"

"무슨 일이야?"

"테러?"

"문이 폭발했어!"

"아악, 저 사람 눈이……. 눈이!"

급작스럽게 일어난 일이었다.

누가 이런 장소에서 폭발이 있을 것이라 상상이나 했겠는가.

당황하며 피해자들을 돌아본 사람들이 놀라서 비명을

내지르기 시작했다. 비명과 외침은 도미노처럼 공연장에 퍼져 나갔다.

장내는 단숨에 아수라장이 되었다. 하지만 비상구의 폭발이 끝이 아니었다.

휑하게 뚫린 문으로 형체를 확인하기 어려울 만큼 빠르게 움직이는 두 개의 그림자가 안으로 뛰어 들어왔다.

안으로 들어선 그들은 잠시 멈칫하며 사방을 돌아보는 듯했다. 그러나 그 시간은 숨 한 번 들이쉴 만큼도 되지 않았다.

그들은 자신들의 앞에 쓰러져 있는 사람의 머리를 밟으며 허공으로 뛰어올랐다.

퍼퍽!

그들의 발에 밟힌 남녀 두 명의 머리가 단숨에 으스러지며 곤죽이 된 피와 뼛조각, 뇌수가 사방으로 튀었다.

"으아악!"

"사람이 죽었어!"

"저것들… 저것들……!"

"살인자가 있어!"

근처에 있던 사람들의 얼굴이 사색으로 변했다. 그들은 엎어지고 자빠지며 비상구에서 가능한 한 멀어지기 위해 사력을 다했다. 그렇게 움직이면서 찢어지는 듯한 목소리로 쉴 새 없이 비명을 질러댔다 지수 일행은 폭발한 비상구와 반대편에 있어 그쪽에서 어떤 일이 벌어지고 있는지 제대로 파악하지 못하고 있었다.

물론, 이혁은 예외였다.

그는 '그것' 들에 시선을 고정시킨 채로 지수 일행을 향해 낮게 소리쳤다.

"빨리! 나가!"

'그것' 들이 내부로 들어온 상황이었다. 이곳을 벗어나기만 한다면 지수 일행의 안전은 확보될 수 있었다. 그가 '그것' 들을 막을 테니까.

중요한 건 지수 일행이 공연장 내부에서 최대한 빨리 나가는 것이었다.

그의 목소리에 실린 무게에 짓눌린 지수 일행의 걸음이 빨라졌다. 비상구가 그들의 코앞에 있었다.

그때 음악 소리가 멈추며, 천장의 불이 들어왔다.

당연히 이루어져야 하는 조치이긴 했다. 하지만 이 상황에서 누군가가 행한 그 조치는 전혀 도움이 되지 않았다.

참상의 반대편에 있어서 미처 상황을 인식하지 못했던 사람들까지도 비명 소리와 피칠갑을 한 사람들을 보게 된 것이다.

형용하기 어려운 공황상태가 공연장에 있던 사람들을

찾아왔다.

"와아악!"

"끄어어!"

조금 전까지 공연장을 메웠던 음악 소리보다 더 큰, 아니, 비교조차 할 수 없는 비명이 합창하듯 울려 퍼졌다.

그다음은 공연장을 빠져나가려는 사람들의 몸부림이 뒤엉킨 거대한 쓰나미가 일어났다.

지수 일행의 앞에 서 있던 이혁은 무서운 속도로 맨 뒤로 자리를 옮겼다.

일행은 어렸다.

이런 상황에서 비상구에 가까이 있는 그들이 사람들의 미는 힘을 이기지 못하고 쓰러지기라도 한다면 밟혀 죽을 수도 있었다.

그의 등 뒤로 사람들이 해일처럼 밀려들었다. 그는 사문의 운기법 중 사연결(斜涓訣)을 써서 등 뒤에 전해오는 힘을 비껴 흘렸다.

그의 이마에 땀이 송골송골 솟아나고 있었다.

그는 전력을 다하고 있었다. 하지만 수백 명이 밀어대는 힘은 엄청나서 사연결로 흘리는 것도 한계가 있었다.

그는 결국 버티지 못하고 비칠거리며 앞으로 두어 걸음 밀려났다.

그는 자신을 돌아보는 지수 일행을 향해 거칠게 소리쳤다.

"나가! 빨리! 그게 나를 돕는 거야!"

지수 일행도 이혁의 등 뒤에 어떤 일이 벌어지고 있는지 보았다.

그들은 공포에 질렸지만 다른 사람들보다는 상태가 나았다.

이혁이라는, 그들을 보호하기 위해 혼신의 힘을 다하고 있는 사내가 그들의 눈앞에 있었기 때문이었다.

상황을 파악한 지수의 눈에 눈물이 어렸다.

"오빠!"

"가!"

이혁은 단호하게 소리쳤다.

지수는 고개를 끄덕였다.

그녀가 이 자리에서 할 수 있는 일은 아무것도 없었다.

그 순간 무대 위에서 처참한 비명 소리가 연이어 났다.

"아악!"

"살려줘!"

"괴… 괴물……!"

샤크 멤버 둘의 머리가 박살나고 그들을 보호하려던 경호원 세 사람이 기괴하게 머리가 뒤로 돌아간 모습으로 거의 동시에 무대 위에 나뒹굴었다.

처절한 공포가 공연장을 가득 채웠다.

지수는 더 이상 망설일 시간도 없다는 것을 깨달았다.

"오빠! 조심해!"

그녀는 악을 쓰듯 소리쳤다.

생전 처음 느끼는 무력감에 몸서리가 쳐졌다. 이혁만을 이곳에 남겨두고 떠나는 건 정말 싫었다. 하지만 그녀는 지금 자신이 무엇을 해야 하는지 모를 만큼 어리석지 않았다.

이혁에게는 천만다행이라 할 수 있는 일이었다.

"나가자!"

지수가 소리치며 앞으로 내달리고 일행이 그 뒤를 따랐다.

이혁은 사연결을 거두며 측면으로 서너 걸음 물러나며 벽에 붙어 섰다.

그의 옆으로 사람들의 쓰나미가 지나갔다.

개중에 넘어져 밟힌 사람들이 울며 비명을 질러댔다. 하지만 그들에게 신경 쓰는 사람은 아무도 없었다. 두려움이 사람들의 이성을 마비시킨 것이다.

이혁도 한숨을 쉴 뿐 움직이지 않았다.

분명 그는 가혹한 수련을 통해 보통 사람들이 상상하기 힘든 능력을 얻었다. 그러나 그 힘이 무소불위의 만능은 아니었다.

이 상황에서 그가 할 수 있는 일은 없었다.

그가 움직이기 위해서는 일단 공연장 내에 있는 사람들

을 내보내 그 수를 줄여야만 했다. 사람들에게 휩쓸리면 오히려 상황을 악화시킬 뿐이었다.

그는 무서울 정도로 냉정을 유지했다.

시은에게 훈련받은 시간들이 만들어준 냉정이었다.

빠져나가는 사람들을 보며 그는 손을 상의 티 안으로 집어넣어 러닝셔츠를 부욱 찢었다. 그리고 그것으로 복면처럼 눈 아래를 가렸다.

얼굴을 가리는 그의 시선이 공연장 구석을 훑었다.

이 와중에도 휴대폰과 소형 카메라로 상황을 촬영하는 사람들이 있었다. 숫자는 대여섯 명에 불과했지만 그들 중에는 비디오 촬영 장치를 들고 있는 자들도 있었다. 공연을 제대로 녹화하기 위해 준비한 장비가 엉뚱한 것을 촬영하고 있는 것이다.

그들도 비상구 쪽으로 움직이고는 있었지만 그 발길은 다른 사람들과 비교할 수 없을 정도로 느렸다.

도주하는 것보다 촬영에 정신을 더 쏟고 있는 것이다.

이혁은 어이가 없어 절로 혀를 찼다.

"그놈의 유튜브……."

무협소설에 많이 나오는 말 중에 '관을 봐야 눈물을 흘릴 놈'이라는 것이 있다.

지금 촬영을 하고 있는 사람들에게 이혁이 해주고 싶은 말이었다.

그는 촬영하는 자들에 대한 관심을 끊었다.

탈출보다 촬영을 선택한 이상 그로 인한 피해는 그들 자신이 감당해야 할 몫이라는 게 그의 생각이었다.

그는 슈퍼맨이 아니었고, 그런 존재가 되고 싶은 생각도 전혀 없었다.

그는 자신이 이 상황에서 무언가 할 수 있는 능력을 갖고 있다는 것을 알고 있었기에 상황을 외면하지 않고자 할 뿐이었다.

반면에 밀어대는 사람들 때문에 균형을 잃고 쓰러져 밟힌 사람들을 돕는 이들도 있었다. 사람들이 많이 빠져나가면서 빈 공간이 생겨나자 운신이 어느 정도 자유로워졌다. 그러자 쓰러진 사람들을 부축해 함께 빠져나가려고 노력하는 사람들이 생겨났다.

"힘을 내세요."

"같이 가요."

속삭이는 듯한 작은 목소리에 두려움이 가득했다. 하지만 그들은 다친 사람들을 돕는 걸 포기하지 않았다.

대부분 젊은 사람들이었다. 그리고 그 수는 적지 않았다.

이런 상황에서는 여자와 아이들이 약자일 수밖에 없다. 쓰러져 밟힌 사람들의 대부분이 그들이었다.

다친 사람들을 돕는 사람들은 여자들을 부축하거나 아

이들을 품에 안은 채 허리를 숙이고 장내를 벗어나려 애썼다.

사람들을 죽이고 있는 '무엇'의 눈에 띄지 않으려는 안간힘이었다.

위기가 닥치면 본성을 알 수 있다.

그건 고래로 진리다.

이혁은 사람들에게서 시선을 떼었다.

서로를 도우며 빠져나가려는 사람들이 그의 마음을 움직이고 있었다.

경찰이 올 때까지 더 이상의 희생자가 나지 않도록 막을 수 있는 사람은 그뿐이었다. 그리고 그것이 그가 지금할 수 있는 유일한 일이었다.

'그것'들의 움직임은 둘로 나뉘었다.

하나는 무대 위에서 경호원들과 샤크 멤버를 죽이고 있었고, 다른 하나는 공연장 내를 돌아다니며 남은 사람들을 공격하고 있었다.

많은 사람들이 빠져나갔지만 아직도 장내에는 벗어나지 못한 관객 수백 명이 남아 있었다. 그들은 무기력하게 '그것'의 손에 죽어갔다.

평범한 사람들이 '그것'에 저항하는 건 불가능했다. 힘과 속도, 어느 것도 '그것'과 비할 수 없었기 때문이다.

픽!

콰직!

"아악!"

"살려주세요!"

"사람 살려!"

모골이 송연해지는 비명 속에 머리가 부서지고 목이 뜯겨나가는 기음이 섞였다.

벌써 10여 명의 시민이 죽었다.

손님이 죽어갈 때 주인들도 죽어갔다.

7인조인 샤크 멤버 중 살아 있는 건 둘밖에 없었다. 그리고 그들을 지키던 경호원 대여섯 명도 시신이 된 샤크 멤버 옆에 누워 싸늘하게 식어가고 있었다.

이혁은 벽에서 등을 뗐다.

더 이상 사람들의 쓰나미는 보이지 않았다. 장내의 혼란은 여전했지만 운신에 제약을 받을 정도는 아니었다.

이제 움직일 시간이었다.

*　　　*　　　*

"…예, 알겠습니다."

짧게 대답한 최동길은 휴대폰을 껐다.

다이키는 회전의자를 돌려 최동길을 올려다보았다.

"누구 전화인가?"

"서울에 계시는 조정대 실장님 전화였습니다."

조정대라면 서복만과 만났을 때 그를 보좌하던 자로, 다이키도 안면이 있었다.

"그래? 무슨 전화였나?"

남의 통화내용이었다. 굳이 알 필요까지는 없었지만 그 래도 다이키는 물어보았다. 아직 연락이 없는 타카이 때 문에 마음이 안정되지 않고 있었다. 사소한 일이라도 다 른데 마음을 쏟으면 불안함과 지루함이 좀 덜해질까 싶어 던진 질문이었다.

최동길은 어색하게 웃었다.

"회장님을 잘 모시라고 하셨습니다."

"나를?"

다이키는 눈을 크게 떴다.

말을 하며 허리를 살짝 숙이는 최동길의 입가에 떠오른 차가운 미소를 본 때문이었다.

등골이 서늘해진 다이키는 전력을 다해 발끝으로 바닥 을 밀었다. 바퀴 달린 회전의자는 무서운 속도로 뒤로 물 러났다.

끼리릭.

쿵.

의자가 두터운 유리창과 부딪치는 소리가 나며 다이키의 코앞으로 독사의 이빨처럼 창백한 빛을 뿌리는 사시미가 스쳐 지나갔다.

안색이 변한 다이키가 소리쳤다.

"이게 무슨 짓이냐!"

빗나간 사시미의 방향을 바꾸어 다이키의 심장을 찔러 가며 최동길은 피식 웃었다.

"우리 회장님께서 뒈져 주시면 감사하겠다고 하십니다."

"빠가야로!"

잇새로 씹듯이 욕설을 내뱉은 다이키는 다급하게 상체를 비틀었다. 하지만 그의 몸놀림은 최동길에 비해 많이 늦었다.

그는 지배자로 키워졌지, 전사로 키워진 사람이 아닌 것이다.

푸욱!

사시미의 앞부분 10여 센티가 그의 좌측 어깨에 꽂혔다.

"크윽!"

지독한 고통에 다이키는 얼굴을 일그러뜨리며 신음을 토했다.

살을 뚫은 칼은 어깨뼈까지 갈랐다.

최동길의 입가에 회심의 미소가 떠올랐다.

그는 손목을 비틀었다.

그가 아끼는 사시미는 5센티미터 두께의 쇠도 자른다. 칼을 뺄 필요도 없었다. 어깨 속에서 사선으로 방향을 튼 칼이 심장을 향해 그어지려는 찰나,

파창!

유리창의 일부가 터져 나갔다. 최동길의 이마에 구멍이 나며 그의 머리가 뒤로 벌컥 젖혀졌다. 충격은 컸다. 칼의 손잡이를 놓친 최동길은 뒤로 쓰러졌다.

털썩!

어깨에 꽂혀 있는 칼의 손잡이를 잡은 다이키는 뒤를 돌아보았다.

가뭄 든 논바닥처럼 쩌저적 금이 간 유리창 너머로 우뚝 선 채 총을 들고 있는 사내의 실루엣이 보였다.

유리창이 시야를 훼방한 탓에 사내의 얼굴을 확인할 수는 없었다. 그러나 다이키는 나타난 사내가 누구인지 한눈에 알아보았다.

그가 신음처럼 사내의 이름을 불렀다.

"타… 케시… 네가 어떻게 여기에?"

사내는 바로 대답하지 않았다. 대신 뚜벅뚜벅 앞으로 걸어와 유리창을 발로 세차게 걷어찼다.

콰장창!

금이 갔던 유리창은 발길질 한 번에 박살이 나며 무너져 내렸다.

성큼성큼 안으로 들어온 타케시는 힐끗 다이키의 어깨를 내려다보았다.

다이키는 타케시의 눈 깊은 곳에 어린 미소를 읽을 수 있었다.

그는 이를 악물었다.

타케시는 그가 칼에 찔리기 전에 구할 수 있었다. 하지만 그는 그렇게 하지 않은 것이다.

타케시가 무심한 어조로 말했다.

"제가 조금 늦었군요. 백업하라는 아버님의 명이 있었습니다, 형님."

분노 어린 눈으로 타케시를 보는 다이키의 볼 살이 가늘게 떨렸다.

더 이상 말은 필요 없었다.

사실 할 말도 없었다.

타케시의 성격상 근처에 살아남은 자는 아무도 없을 터였다.

그는 길게 숨을 내쉬었다.

"후우우⋯⋯."

조금씩 그의 안색이 평온을 되찾아갔다.

그가 입을 열었다.

"칼을 빼도록."

타케시의 입꼬리를 말아 올리며 묘한 미소를 지었다.

"그러지요, 형님."

그는 허리를 숙여 사시미의 손잡이를 잡았다.

다이키는 표정 없는 얼굴로 타케시의 정수리를 응시했다.

사시미의 날을 바라보는 타케시의 눈매가 보일 듯 말 듯 꿈틀거렸다.

손이 조금만 미끄러지면 다이키는 죽는다.

저항을 하든 하지 않든 상관없이.

그건 의심할 수 없는 사실이었다.

타케시의 턱선이 완강해졌다.

다이키를 죽이는 건 어린아이 손목을 비트는 것처럼 쉬운 일이었다. 하지만 그 뒤에 벌어질 일을 그는 감당할 자신이 없었다.

그가 진실로 두려워하는 사람은 다이키가 아닌 것이다.

미칠 듯한 살의와 싸우던 그의 손이 움직였다.

쑤욱!

사시미가 미끄러지듯 다이키의 어깨에서 빠져나왔다. 타케시의 다른 손이 칼이 빠져나오기 전 다이키의 어깨 몇 부분을 빠르게 짚었다.

칼날이 빠져나왔지만 피는 흐르지 않았다. 타케시의 사전조치 덕분이었다.

다이키는 비틀거리며 일어났다.

"무슨 일이 있어도 그것들을 회수해야 한다."

"마루타 말입니까?"

"알고 있었느냐?"

사시미를 최동길의 심장을 향해 휙 던진 타케시는 어깨를 으쓱했다.

푸욱!

타케시는 심장이 꿰뚫린 최동길의 몸이 크게 펄떡이는 것을 보며 대답했다.

"형님께 오며 조금 조사를 했습니다. 이 지방 도시에 꽤나 여러 조직의 전문가들이 모여들고 있더군요. 타국에서 보낸 자들도 있고……. 우리와 관련이 있는 자들도 있고……."

"어떤 자들이든 그자들의 손에 마루타가 들어가면 안 된다는 걸 너도 알고 있겠지?"

타케시의 입매가 다시 묘하게 뒤틀렸다.

"잘 알고 있죠. 아버님과 할아버님이 용서하지 않으실 겁니다."

"백업을 명받았으면 너도 예외는 아니다."

"잘 압니다."

다이키를 보는 타케시의 눈이 사납게 빛났다.

"일을 이따위로 만든 형님 뒤치다꺼리일지라도… 저는 해야지요."

다이키는 입술을 꽉 물었다.

노골적인 빈정거림이었지만 인정하지 않을 수 없는 현실이었다. 그리고 타케시에게는 이 현실을 바로 잡을 능력이 있었다.

그것이 그의 마음을 비참하게 만들었다.

그는 힘겹게 입술을 뗐다.

"부탁한다… 타케시."

타케시의 눈에 서늘한 미소가 떠올랐다.

"어차피 해야 할 일이었습니다, 형님."

짧게 말을 받은 그는 등을 돌리며 말을 이었다.

"가시죠. 이곳은 곧 잿더미가 됩니다."

제8장

앞을 막는 의자를 건너뛰며 이혁은 감정이 실리지 않은 눈으로 살상이 벌어지는 두 곳을 번갈아보았다.

그의 몸은 하나였다. 하지만 '그것'은 둘이었고, 나뉘어 사람들을 죽이고 있었다. 둘은 50미터 이상 떨어져 있었다.

한꺼번에 둘을 상대하는 건 가능하지 않은 거리였다.

선택을 해야 했다.

남은 자가 공격당하는 자를 돕기 위해 움직이기를 바랄 뿐이었다.

네 살쯤 되어 보이는 귀여운 사내아이를 안고 사력을

다해 비상구를 향해 뛰던 여인은 돌아가지 않는 머리를 억지로 돌려 뒤를 힐끔 보았다.

그녀의 얼굴에 절망의 기색이 어렸다.

무언가가 그녀를 향해 달려오고 있었다. 정체를 알 수는 없었다. 그것은 눈으로는 제대로 확인할 수 없을 정도로 빨랐다.

여인의 시선이 그것이 떠난 자리를 스쳤다.

그곳에는 두부처럼 머리가 으깨져 죽은 사십대 여인이 쓰러져 있었다.

"으흐흑…… 으흐흑!"

여인의 입술 사이로 울음소리가 섞인 신음이 흘러나왔다.

공포에 질린 얼굴로 여인은 고개를 돌려 앞을 보았다. 그리고 아이를 죽어라 끌어안고 고개를 숙인 채 뒤뚱거리며 통로를 뛰었다.

의식하지 못하는 사이 끔찍한 두려움이 끌어낸 눈물이 그녀의 뺨을 하염없이 적셨다.

허리가 끊어질 듯 아파왔다. 하지만 그녀는 감히 허리를 어루만질 엄두도 내지 못한 채 정신없이 뛰었다.

안고 있는 아이의 가랑이 사이로 불룩 튀어나온 배는 그녀가 만삭에 가까운 임산부임을 말해주고 있었다.

'그것'의 접근속도는 경이로웠다.

여인이 두 걸음을 떼기도 전에 '그것' 은 여인의 등 뒤 50센티도 되지 않는 곳에 도착해 있었다.

'그것' 은 입맛을 다시며 손을 쭉 뻗었다.

힘을 조금만 주면 짧게 커트해 드러난 희고 긴 목이 그의 손아귀 아래서 부러져 나갈 것이었다.

그때,

'그것' 은 자신의 허리 오른쪽 측면을 파고드는 무시무시한 힘을 느꼈다.

절로 입에 침이 고이는 먹잇감이 코앞에 있었다. 하지만 '그것' 은 먹잇감에 집착하면 자신이 더 이상 움직일 수 없게 되리라는 것을 깨달았다.

아니, 깨달았다는 용어는 적절치 않았다.

'그것' 은 느낄 수도 생각을 할 수도 없는 존재였으니까.

그럼에도 '그것' 은 자신을 지키기 위해 어떻게 움직여야 하는지 잘 알고 있었다.

'그것' 은 허리를 비틀며 좌측으로 두 걸음을 옮겼다.

팡!

그가 있던 자리의 공기가 압축되었다가 터지며 요란한 소리를 냈다.

허공을 걷어찬 이혁의 오른발이 무서운 속도로 회수되었다. 그는 바닥을 차며 '그것' 의 가슴으로 뛰어들었다.

2미터 정도 되던 둘 사이의 거리가 단숨에 사라졌다.

'그것'의 칙칙한 두 눈에 사나운 홍광이 떠올랐다.

생각은 할 수 없지만 '그것'의 몸은 며칠 전 자신의 가슴을 부쉈던 자의 느낌을 기억하고 있었던 것이다.

그와왁!

'그것'의 입에서 사람의 것이 아닌 듯 기괴한 외침이 흘러나왔다.

아직 빠져나가지 못하고 있던 사람들은 두 손으로 귀를 막았다. 소리를 듣는 것만으로도 속이 뒤집히고 머리가 어지러워졌기 때문이었다.

코앞에서 '그것'의 외침을 들은 이혁의 안색이 일그러졌다.

그도 충격을 받은 것이다.

'그것'의 외침은 가히 음파공격 수준이라 할 만했다.

입술을 깨물어 순간적으로 찾아든 어지러움을 입술을 참아낸 그는 사정없이 '그것'의 가슴에 오른 주먹을 꽂아넣었다.

주먹이 나아가는 속도는 놀라워서 '그것'은 피할 틈을 찾지 못했다. '그것'은 양 팔뚝으로 가슴 앞에 십자 형태를 만들어 이혁의 공격을 막았다.

쾅!

주먹과 팔뚝이 부딪친 것인데 마치 폭탄이 터지는 듯한

소리가 났다.

쿵! 와자작!

주우욱─

'그것'이 뒤로 밀려나며 허벅지에 걸린 의자 10여 개가 종잇조각으로 만든 것처럼 힘없이 부서졌다.

4, 5미터를 밀려나던 '그것'이 멈춰 서는가 싶더니 다음 순간 지면을 박차며 이혁을 향해 달려들었다.

'그것'은 한 걸음에 4, 5미터를 건너뛰고 있었다.

그 몸놀림은 이혁의 일권이 '그것'에게 큰 충격을 주지 못했다는 것을 말해주었다.

이혁의 눈 밑에 그늘이 졌다.

'젠장… 더 세진 게 맞군.'

그는 저들과 처음 만났던 날 마지막에 썼던 힘을 처음부터 사용하고 있었다. 즉, 전력을 다하고 있었던 것이다.

방금 전 그의 일권은 폭뢰경혼추의 수법이 담긴 야차회륜박이었다. 발경이 포함된 기법이라 사람의 몸으로는 견딜 수 없어야 정상이었다. 그런데 '그것'은 가슴이 박살났던 전과 달리 이번에는 밀려나기만 했을 뿐 온전했다.

의심할 여지 없이 '그것'은 최초로 조우했던 그날 밤보다 강해진 것이다.

어차피 뒤로 물러날 생각도 없고, 그럴 수도 없는 상황.

이럴 때 잡념은 전혀 도움이 되지 않는다는 걸 이혁은

과거 몇 번의 위기를 넘기며 뼈에 새겨놓았다.

이혁은 벌벌 떨며 걸음을 떼지 못하는, 아이를 안고 있는 임산부의 앞을 막아섰다.

"가세요, 어서!"

짧게 말을 끊은 그는 자신을 향해 달려드는 '그것'의 앞으로 한 걸음을 내디뎠다.

쿵!

전시관 안에 지진이 난 듯한 굉음이 울리며 먼지가 풀썩 피어올랐다.

무시무시한 진각이었다.

이혁이 내지른 쇳덩이 같은 주먹이 '그것'의 면전으로 쇄도했다.

한 번의 충돌로 이혁의 주먹과 정면으로 부딪치는 게 이롭지 않다는 걸 몸으로 깨달은 '그것'은 미꾸라지처럼 상체를 비틀어 이혁의 일권을 어깨 위로 흘렸다. 그리고 짐승의 발톱처럼 오므린 두 손을 이혁의 가슴에 박아 넣으려 했다.

이혁이 수련한 야차회륜박은 그 명칭이 무예의 성격을 극명하게 드러내는 박투술의 정화였다.

야차라는 단어는 공격일변도인 성격을, 그리고 회륜(回輪)이라는 말은 돌아가는 수레바퀴처럼 상대가 쓰러질 때까지 이어지는 공격을 상징했다.

어깨를 지나간 주먹이 펴지며 손날로 변해 벼락처럼 '그것' 의 목을 쳐갔다. 그것의 머리가 확 숙여지며 손날이 '그것' 의 뒤통수를 스쳐 지나갔다.

푸스스.

'그것' 의 뒷머리카락이 가루로 변해 손날 아래 흩어졌다.

이혁의 오른쪽 무릎이 미사일처럼 솟아올랐다.

목표는 '그것' 의 얼굴이었다.

휘잉-

무릎이 허공을 허무하게 지나갔다.

이혁의 눈빛이 강렬해졌다.

'그것' 은 어느 틈에 옆으로 50센티를 이동해 있었다. 그러면서도 '그것' 의 두 손은 끈질기게 이혁의 가슴을 노렸다.

포기하지 않는 것이다.

지면을 밟고 있는 이혁의 발이 '그것' 이 움직인 쪽으로 비스듬히 방향을 틀었다. 동시에 허공을 친 이혁의 무릎이 펴지며 발끝이 '그것' 의 허벅지 측면을 찍었다. 변화하는 공격 속도는 '그것' 이 대응할 여유를 찾을 수 없을 만큼 빨랐다. 눈으로는 보지도 못할 정도 정도인 것이다.

퍽!

허벅지에 충격을 받은 '그것' 의 다리가 안쪽으로 휘어지며 전체의 균형이 흐트러졌다.

공격은 분명 성공했다. 하지만 만족해야 할 이혁의 안색은 오히려 일그러졌다.

'그것'은 살을 주고 뼈를 깎는 방법을 택했다.

하체를 휘청거리면서도 그것의 두 손은 이혁의 가슴 앞 5센티 떨어진 곳까지 접근해 있었다.

물러나지 않는다면 공격을 피할 수 없는 거리였다.

이혁은 이를 악물었다.

살을 주고 뼈를 깎는 건 '그것'만이 할 수 있는 방법이 아니었다.

'그래, 누가 죽나 해보자!'

그는 한손으로는 '그것'의 손이 움직이는 방향을 차단하면서 사문의 비전기공의 분(分)과 탄(彈)자결로 가슴을 보호했다. 그리고 '그것'의 허벅지를 찍은 발끝을 세워 뒤꿈치로 '그것'의 무릎을 걷어찼다. 동시에 헛손질했던 손을 활짝 펴서 형태를 장(掌)으로 바꾸었다.

이혁의 활짝 펴진 장심이 고개를 숙인 '그것'의 뒷머리를 무서운 속도로 후려치듯 짓눌렀다.

쾅!

'그것'의 뒷머리에 이혁의 장심이 닿았다. 동시에 '그것'의 오므린 손도 그의 가슴을 쳤다.

쿵!

'꽉!'

'그것'의 한 손을 걷어내는 데는 성공했지만 다른 손의 공격을 차단하지 못하고 가격당한 이혁의 몸이 뒤로 주욱 밀려났다.

와자작!

쿠당탕!

밀려나는 그의 뒤편에 있던 의자들이 박살 나며 사방으로 파편을 튀겼고, 단단한 바닥에는 두 개의 긴 고랑이 파였다.

퍼퍼퍼퍽!

그의 안색은 창백했다.

분과 탄자결로 '그것'의 공격을 나누어 흘리고 일부는 튕겨냈음에도 충격은 무시무시했던 것이다.

일그러진 그의 코와 입에서 선홍색 핏물이 주르륵 흘렀다. 하지만 그의 형편은 '그것'에 비하면 훨씬 나은 것이었다.

뒷머리가 눈에 보일 정도로 으스러진 '그것'은 바닥에 머리가 푹 파묻혀 있었다. 그리고 시멘트가 주된 재료인 바닥은 '그것'의 머리를 중심으로 논바닥처럼 금이 가 있었다.

거의 4, 5미터를 뒤로 밀려나던 이혁의 몸이 멈췄다.

그는 지면을 박찼다.

머뭇거릴 여유가 없었다.

'그것'의 두 손이 바닥을 밀어내려 꿈틀거리고 있었다. 그리고 그 움직임은 조금씩 격렬해져 갔다.

머리가 바닥에 박혔는데도 '그것'은 치명적인 상처를 입지 않은 듯했다.

두 걸음에 '그것'과의 거리를 없앤 이혁은 허공에서 공중제비를 돌며 뒤축으로 '그것'의 목을 찍어갔다.

쐐애액―

발이 움직이는 속도를 견디지 못한 허공이 진저리를 치며 찢어지는 듯 비명을 질렀다.

'몸에서 목이 떨어져 나간 후에도 네가 움직일 수 있는지 보겠다.'

그의 두 눈이 강렬하게 빛났다.

그의 발끝이 '그것'의 뒷목과 20여 센티 떨어진 곳에 도달했을 즈음.

이혁의 안색이 살짝 변했다.

그는 다른 발로 공격하던 발의 발등을 찍었다.

힘을 받을 것이 아무것도 없는 허공이었음에도 누가 줄로 그의 몸을 잡아당기기라도 하는 것처럼 그의 몸이 비스듬히 좌상방으로 50센티미터를 이동했다.

스팟!

그가 있던 자리를 부러진 의자등받이 조각이 날카롭게

훑으며 지나갔다.

이혁은 이동한 지점에서 다시 발등을 밀며 급하게 공중제비를 돌았다. 그 회전력으로 그의 몸이 허공으로 1미터를 튕기듯 올라갔다.

칼날처럼 솟은 열 개의 손톱이 그가 있던 자리를 무시무시한 기세로 할퀴었다.

쭈와악ㅡ

이혁을 공격한 건 무대 위에서 샤크의 멤버와 경호원들을 학살하던 또 다른 '그것'이었다.

공격을 실패한 '그것'은 쉴 새 없이 이혁을 따라붙었다.

허공에서 다시 2미터 정도를 뒤로 물러나며 바닥을 디딘 이혁은 내심 혀를 찼다.

'이것들은 죽은 것들이야, 산 것들이야?'

원하던 상황이긴 했다.

둘을 동시에 처리할 수 없는 상황이어서 그는 둘이 한곳에 모이기를 진심으로 원하고 기대했다. 하지만 기대가 이루어질 거라는 희망은 갖지 않았던 게 사실이었다.

'그것'들이 그가 원하는 움직임을 보이기 위해서는 상황을 인식하고 판단할 수 있는 능력이 있어야만 했다. 그러나 '인식'과 '판단'은 죽은 자에게 기대할 수 없는 영역이다.

마음속의 의혹이 눈덩이처럼 커졌다. 하지만 잡념에 할애할 여유는 없었다.

그가 손을 쓰지 못하는 사이 바닥에 머리를 파묻었던 '그것'이 어느새 반쯤 몸을 일으키고 있었다.

'그것'은 머리를 한 번 털어 붙어 있는 돌조각들을 떨어뜨린 후 이혁에게 시선을 향했다. 부서진 이마에 정체를 알 수 없는 무언가가 눌어붙어 있었다.

늪처럼 고인 광포한 살기가 '그것'의 눈에서 흘러나왔다.

크와아!

사람의 것 같지 않은 괴성이 '그것'의 입에서 터져 나왔다.

이혁을 공격하던 '그것'도 움직임을 멈추며 괴성을 내질렀다.

크와아!

음파공격 수준의 괴성이 전시관 안을 가득 채웠다.

도망가고 있던 사람들 대부분이 비틀거리며 걸음을 멈췄고, 그중 절반 이상은 고막을 틀어쥐며 그 자리에 주저앉았다.

그들의 귀에서 진득한 핏물이 흘러나왔다.

사람들은 공포에 질린 눈으로 뒤를 돌아보았다. 그리고 경악했다.

그들은 도주하기 바빠 뒤에서 어떤 일이 벌어지고 있는지 알지 못했었다. 그래서 이제야 눈으로 보게 된 것이다.

'그것' 들을 막아선 이혁을.

몇몇은 돌아가는 상황을 알고 있었다.

휴대폰이나 카메라로 장내를 녹화하던 자들이었다.

그들은 숨을 죽인 채 이혁을 바라보았다.

현장을 계속 주시하고 있었기에 그들은 누군가 등장했다는 것을 알고 있었다. 하지만 그가 누군지는 알지 못했다.

보고 있으면서도 확인할 수 없었고, 그들이 촬영한 영상 속에서도 이혁은 뿌연 그림자로만 보였다.

그의 움직임이 너무 빨랐기 때문이었다.

이혁과 '그것' 들이 대치하며 움직임을 멈춘 지금에서야 그들도 다른 사람들처럼 그의 모습을 볼 수 있었다.

급조한 것이 분명한 찢어진 천으로 눈 밑을 가린 장신의 사나이.

그것이 사람들의 눈에 들어온 이혁의 모습이었다.

＊　　　＊　　　＊

유성구 외곽의 광진주류 8층 사무실.

드르르륵! 드르르륵!

주머니 속의 휴대폰이 자지러지듯이 진동했다.

휴대폰의 액정에 뜬 번호를 확인한 타카이는 탁자 맞은 편에 앉아 있는 최일에게 살짝 고개를 숙이며 말했다.

"죄송합니다, 꼭 받아야 하는 전화라서."

옆에 있는 통역자의 귓속말을 들은 최일이 대범하게 웃으며 고개를 끄덕였다.

최일은 일본어를 하지 못하고 타카이는 한국어를 하지 못했다. 그래서 유성회 조직원 중 일본어에 능숙한 자가 통역을 맡고 있었다.

최일이 말했다.

"그런 전화라면 받으셔야지요."

일어나서 벽 쪽으로 걸어간 타카이는 휴대폰을 귀에 붙였다.

"……"

"하이."

"……"

"하이."

타카이는 연신 긴장된 자세로 '하이'를 연발하다가 전화를 끊었다.

겉으로는 무심한 척 호기심을 드러내지 않으려 애쓰며 타카이를 주시하고 있던 최일이 물었다.

"무슨 일이 있으십니까?"

질문을 받은 타카이는 자신이 마음이 얼굴에 드러났다는 것을 알았다.

전화를 한 사람은 다이키였다.

그로부터 받은 지시는 생각지도 못했던 것이라 그는 많이 당황했다.

평소 표정관리의 대가란 말을 들을 만큼 감정을 드러내지 않는 그가 이번에는 실수를 한 것이다.

타카이는 담담하게 웃으며 대답했다.

"특별한 일은 아닙니다. 단지 예상치 못했던 전화라 좀 놀랐을 뿐입니다."

"그래요?"

최일은 살짝 눈살을 찌푸리며 반문했다.

그는 본능이 동물적이라고 할 정도로 크게 발달한 자였다. 그 본능 덕분에 여러 번의 죽을 고비를 무사히 넘기고 이 자리까지 올라올 수 있었다.

타카이의 눈을 보는 그에게 본능이 속삭이고 있었다, 느낌이 좋지 않다고.

최일은 내심 고개를 갸우뚱했다.

구체적으로 무엇이 좋지 않게 느껴지는지 알 수가 없었다.

그가 상대하는 일본인은 태룡회 서복만 회장의 보호를 받는 자들의 입 역할을 하고 있었다.

서 회장은 그에게 약속을 했다.

일본인들에게 협조하는 대가로 그의 오랜 꿈이던 서울의 암흑가로 진출할 수 있는 길을 만들어주겠다는 것이 약속의 내용이었다.

서복만은 입 밖으로 내뱉은 약속은 무슨 일이 있어도 지키는 걸로 유명한 사람이었다. 그래서 그는 약속을 잘 하지 않았다.

그런 사람의 확약을 받은 터라 최일은 지금까지 적극적으로 일본인들에게 협조했다. 그가 아니었다면 일본인들은 실험에 필요한 재료(사람)를 공급받지 못했을 것이다.

협조하는 한편으로 일본인들이 만드는 약의 일부를 몰래 빼돌려 큰 이득을 챙기고 있었기에 최일은 일본인들에게 굉장히 호의적이었다.

'착각… 이겠지…….'

그는 슬쩍 옆으로 시선을 돌렸다.

장승처럼 두 손을 앞에 모으고 서 있다가 불시에 최일의 시선을 받은 행동대장 김홍기가 보일 듯 말 듯 어깨를 움찔했다.

타카이를 돌아보는 그의 눈에 놀람과 의혹, 그리고 희미한 살기가 뱀처럼 똬리를 틀었다.

폭력조직에 몸을 담은 자들은 필연적으로 눈치가 발달한다.

아차 하면 등 뒤에서 칼을 맞을지 모르는 날들이 그렇게 만든다.

최일이나 김홍기 정도 되면 눈치는 백 단, 뱃속의 구렁이는 백 마리쯤 된다고 보면 된다.

김홍기가 최일과 함께 조직생활을 한 세월은 어림잡아도 10여 년이 넘었다.

좋을 때도 함께 있었고, 죽을 고비도 함께 넘겼다. 그래서 눈만 보아도 서로가 무슨 생각을 하고 있는지 안다.

상대인 타카이가 보통 인물이었다면 그들은 앞으로 벌어질 상황에 충분히 대처할 수 있었을 것이다.

문제는 타카이가 보통 인물이 아니라는데 있었다.

김홍기의 눈빛 변화는 미세했지만 타카이는 그것을 알아차렸다.

그것이 그의 마음을 급하게 만들었다.

휴대폰을 호주머니에 넣고 빠져나오던 타카이의 손이 번개처럼 허리춤을 훑었다.

그의 움직임에 묘한 느낌을 받은 김홍기의 오른손이 빠르게 상의 오른쪽 품으로 들어갔다. 하지만 그 손이 나오기 전에 타카이의 손에 들린 권총에서 먼저 불꽃이 튀었다.

푸슉, 푸슉!

소음기가 장착된 권총에서 바람 빠지는 듯 둔탁한 소리가 났다.

미간에 총알이 관통한 김홍기의 머리가 벌컥 뒤로 젖히며 그의 커다란 몸이 휘청거리며 뒤로 밀려났다.

총성은 두 번 났다.

발사된 총알도 두 개.

최일은 귓불에서 피를 흘리며 후다닥 책상 밑으로 몸을 내렸다.

김홍기가 먼저 총알을 맞으며 그는 머리를 비틀 틈을 얻었고, 타카이가 쏜 총알은 그의 왼쪽 귓불을 관통하고 지나갔다.

김홍기의 죽음에 눈이 뒤집힐 법도 하건만 최일의 눈동자는 방금 전보다 오히려 더 냉정하게 가라앉아 있었다.

자신의 목숨이 오락가락하는 순간이었다.

수하의 죽음에 연연할 때가 아닌 것이다.

통역 역할을 하기 위해 불려왔다가 졸지에 난장판의 한복판에 있게 된 조직원은 벌벌 떨며 사색이 되었다.

그는 몸을 움직이지도 못했다.

영화에서나 보았던 총격전이 코앞에서 벌어졌다. 칼과 몽둥이로 싸우는 것과는 차원이 다른 두려움이 그의 몸을 마비시킨 것이다.

주저앉았던 최일이 벌떡 일어나며 어깨로 탁자를 뒤집어엎었다. 위에 있던 주전자와 찻잔이 어지럽게 날아올랐다.

와장창!

그때 김홍기의 몸이 바닥에 쓰러졌다.

쿵!

타카이는 자신을 덮치는 탁자를 피해 오른쪽으로 돌며 연속해서 방아쇠를 당겼다. 그의 손에 들린 건 미군의 제식권총으로 유명한 베레타 92fs였다.

타카이는 체격도 호리호리하고 외모도 평범해서 그저 그런 샐러리맨처럼 보인다. 하지만 그는 젊은 시절 미군의 정예특수부대인 델타포스에서 근무한, 그것도 화려한 특수전 경력을 가진 군인 출신이었다.

베레타는 그 시절부터 그의 애병이었다.

크게 활약할 일이 없어서 그렇지, 그는 다이키의 비서일 뿐만 아니라 신뢰받는 보디가드이기도 했다.

푸슉, 푸슉.

2미터도 안 되는 거리였고, 타카이는 저격수 자격을 가진 특등사수다.

멍하니 앉아 있는 통역조직원의 뒤로 돌아가던 최일의 얼굴이 참혹하게 일그러졌다. 왼쪽 어깨에서 전해지는 불로 지지는 듯한 통증이 느껴졌다.

맞은 것이다.

죽음이 코앞에 다가와 있었다.

다른 총알에 옆머리를 맞은 통역조직원의 몸이 그의 앞

으로 힘없이 쓰러졌다.

최일은 이를 악물며 타카이와 반대방향으로 몸을 날려 바닥을 굴렀다. 그의 오른손에 작고 둥근 게 잡혔다.

희고 단단한 그것은 골프공이었다.

골프 마니아인 그의 사무실 오른쪽 벽면에는 간단한 스크린골프 시설이 설치되어 있었다. 사무실이 아수라장이 되면서 골프공을 담아두었던 바구니가 뒤집혔고, 근처에 골프공들이 흩어진 것이다.

골프공에 쓰인 숫자는 3, 압축 강도가 100킬로그램인 가장 단단한 종류였다.

그의 눈이 반짝였다.

그는 바닥을 뒹굴며 골프공을 타카이에게 던졌다.

그에게 주어진 기회는 많지 않을 터였다.

그래서 그는 타카이의 손을 노리지 않았다. 손은 움직임이 자유롭고 표적으로 삼기엔 너무 작았다.

그가 노린 건 타카이의 다리였다.

전력을 다해 던진 골프공은 타카이의 종아리에 맞았다.

퍽!

휘청.

골프공에 종아리 앞쪽 뼈를 강타당한 타카이의 몸은 그의 의지와 상관없이 비틀거렸고, 최일의 머리를 향해 발사하려던 총알은 엉뚱한 벽에 탄흔을 남겼다.

푸슉.

팍!

벽면이 패이며 돌가루가 어지럽게 날렸다.

최일은 손에 잡힌 다른 골프공을 타카이에게 던지며 그에게 달려들었다. 다시 총을 쏠 기회를 줄 수는 없었다. 골프공은 몇 개가 더 있었지만 최일이 쓸 수 있는 건 한 손뿐이었다. 다른 손은 움직이지 않았다. 어깨가 총에 맞은 왼팔이었다.

운이 좋았는지 골프공은 베레타를 든 타카이의 오른손 중지를 때렸다. 권총이 바닥에 떨어졌다. 동시에 최일의 어깨가 타카이의 복부를 미식축구선수처럼 들이받았다.

우당탕탕!

뒤엉킨 두 사람이 바닥을 굴렀다.

최일의 눈에 살기가 번들거렸다.

비록 일선에서 물러난 지 몇 년이 지났지만 그는 뒷골목에서 잔뼈가 굵은 인물이다. 총칼을 들지 않은 맨주먹 싸움이라면 아직 자신이 있었다. 하지만 그건 그가 타카이가 어떤 인물인지를 알지 못했기 때문에 가질 수 있었던 자만이다.

최일은 뒷골목에서 싸워서 이기는 법을 배웠지만 타카이는 델타포스에서 빠르고 효과적으로 사람을 죽이는 법을 배웠다.

그 차이는 극명했다.

최일은 바닥에 깔린 타카이의 얼굴을 때리기 위해 주먹을 들어 올렸다.

그 순간 타카이의 왼손 끝이 팔을 올리며 드러난 최일의 겨드랑이 사이를 칼처럼 파고들었다.

"컥!"

최일의 얼굴이 고통으로 일그러지며 그의 몸이 움찔, 경직되었다.

그 시간은 짧았다. 그러나 타카이에겐 넘칠 정도로 많은 시간이었다.

튕겨 올린 타카이의 다리가 채찍처럼 최일의 목을 휘감았다. 그 힘을 이기지 못한 최일의 몸이 뒤로 넘어갔다. 종아리로 최일의 목을 누른 타카이가 상체를 일으키며 반대편 다리를 움직여 십자 형태로 만들었다. 그의 다리에 힘이 들어갔다.

최일의 두 눈에 진한 공포가 드리워졌다.

"쿠욱 쿠욱! 어… 어… 어……!"

우두둑!

저항할 틈도 없이 최일의 목뼈가 부러졌다.

혀를 길게 빼문 최일의 눈동자가 돌아가며 흰자가 드러났다. 그의 몸이 힘없이 바닥에 널브러졌다.

자리에서 일어난 타카이는 베레타를 주워 들었다. 그리

고 흐트러진 양복의 깃을 탁탁 잡아당겨 옷매무새를 바로
했다.

"칫쇼!"

짜증이 난 얼굴로 낮게 욕설을 퍼부은 타카이는 잠시
귀를 기울이는 듯하더니 손에 든 베레타의 손잡이를 힘주
어 잡았다.

밖이 소란스러웠다.

이곳은 유성회의 본부이면서 대전 최대의 주류업체였
다. 상주 인원만 30명이 넘는다. 게다가 타카이가 있는
곳은 건물의 꼭대기 층이었다.

최일의 신분을 생각하면 유성회 조직원들의 반응은 너
무 늦은 감이 있었다. 그건 그들이 방심했기 때문이었다.
설마 혼자 이곳에 온 타카이가 최일과 김홍기를 상대로
뭔가 일을 벌일 거라고는 생각하지 못한 것이다.

타카이는 손 안에 든 베레타를 내려다보았다.

'열 발 남았군.'

베레타는 장탄수가 열다섯 발이다. 약실에 한 발을 더
넣으면 열여섯 발까지 장전이 가능하지만 타카이는 그렇
게까지는 하지 않았다.

베레타를 가지고 온 것도 습관적인 행동에 불과했다.
그는 설마 한국 땅에서 베레타를 사용할 일이 생길 거라
고는 생각조차 해본 적이 없었다. 다이키의 지시가 떨어

지지 않았다면 쓸 일도 없었을 것이고.

그의 입가에 쓴웃음이 떠올랐다.

밖에서 들리는 발소리는 수십 명이 이곳으로 달려오고 있다는 걸 알려주고 있었다.

'후우, 조금⋯⋯. 아니, 많이 귀찮겠는 걸.'

이맛살을 찌푸린 그의 눈 차가운 살기에 젖어들었다. 그러나 그 눈에 의혹이 가득 차는 데는 시간이 얼마 걸리지 않았다.

막 문의 손잡이를 돌리려던 그의 움직임이 그대로 정지했다.

"으악!"

"적이다!"

"어떤 놈이!"

"크악!"

처절한 비명과 당혹스러워하는 외침이 들려오기 시작했기 때문이다.

몸을 벽에 붙이고 문을 10센티쯤 열고 밖을 내다본 타카이의 얼굴이 돌처럼 딱딱하게 굳었다.

복도는 말 그대로 피의 바다였다.

잘린 팔다리가 아무렇게나 나뒹굴고 있었고, 비명을 지르며 꿈틀거리는 자들이 핏속에서 허우적거렸다.

서 있는 자의 수는 열 명도 되지 않았다.

비명 소리가 들리고 타카이가 문을 열 때까지 흐른 시간은 20초에 불과했다. 그사이에 수십 명의 사내가 핏구덩이에 누운 것이다.

제9장

이혁의 좌우에 선 '그것'들의 움직임이 신중해졌다.

짧은 충돌이었지만 그들이 서 있는 자리를 중심으로 사방 4, 5미터는 난장판으로 변했다. 의자들 대부분이 부서졌고, 빈공간도 많이 생겨났다.

이혁의 숨결이 들릴 듯 말 듯 가늘어지며 눈빛이 쏘는 듯 강해졌다. 그의 전신에서 흘러나오던 육중한 기세가 잘 벼린 칼날처럼 날카로워졌다.

소름 끼치는 살기가 안개처럼 그와 '그것'들 사이를 메웠다.

'잠시 후면 경찰이 들이닥칠 거다.'

밖으로 탈출한 관객들이 신고를 하지 않았을 리 없었다.

그것이 아니더라도 이수하가 그의 전화를 무시하지 않았다면 곧 경찰이 현장에 도착할 터였다.

그는 경찰을 만나고 싶지 않았다.

그럴 생각이 있었다면 옷을 찢어 복면(?)을 했을 리 없지 않은가.

그와 '그것' 들이 싸우는 장면을 목격한 사람들이 하나 둘이 아니었다. 촬영을 한 사람도 여럿 있었다. 당연히 영상으로도 남을 것이다.

그의 움직임은 보통 사람이 극단적으로 훈련을 받아도 낼 수 없는 속도와 힘을 보여주었다. 그것은 현대인이 가지고 있는 인간의 능력에 대한 상식을 간단하게 무시하는 것이었다.

경찰이 그의 신병을 확보하게 된다면 어떤 일이 벌어질지 몰랐다.

먼저 움직인 것은 이혁이었다.

슬쩍 구부렸던 무릎을 펴는 단순한 움직임만으로 그의 몸은 2미터가량 떨어져 있던 왼편의 '그것' 정면에 환상처럼 불쑥 솟아났다.

목표로 삼은 '그것' 은 그의 공격으로 뒷머리와 이마가 부서진 것이었다.

쑤와앙―

아래쪽에서 내지른 주먹이 가공할 힘과 속도로 '그것' 의 턱을 올려쳐 갔다.

그의 움직임은 눈으로 따라가지 못할 정도로 빨랐지만 '그것'의 운신 속도 또한 그에게 뒤지지 않았다.

'그것'은 고개를 훌쩍 젖혔다.

이혁의 주먹이 그의 코끝을 스치며 지나갔다.

'그것'의 무릎이 이혁의 사타구니 사이를 파고들었다. 동시에 오른쪽에 있던 '그것'이 바람처럼 이혁의 등 뒤로 접근하며 오므린 두 손으로 그의 양쪽 허리를 잡아갔다.

허공으로 뛰어오르기도, 뒤로 물러나기도 난감한 협공.

싸움을 오래 끌지 않기로 작정한 이혁이었다.

턱을 스쳐 지나간 이혁의 주먹이 안으로 굽으며 곧추세워진 팔꿈치가 '그것'의 목을 찍었다. 다른 한 손으로는 사타구니를 차올리는 '그것'의 정강이를 누르며, 그는 앞으로 두 걸음 전진했다.

야차회륜박의 열두 요결 중 가장 중요한 핵심은 연환결(連環訣)과 신쾌결(迅快訣)이다.

그의 공격 변화는 물이 흐르듯 자연스러웠고, 전환의 속도는 경이로울 만큼 빨랐다. 미처 대응하지 못한 '그것'의 가슴 윗부분이 그대로 이혁의 팔꿈치에 노출되었다.

콰직!

무언가 부서지는 소리와 함께 '그것'의 가슴 상부가 눈에 보일 정도로 푹 주저앉았다. '그것'은 상체를 휘청거리며 뒤로 밀려났다. 하지만 이혁의 공격은 아직 끝나지 않았다.

'그것'을 공격한 팔꿈치가 펴지며 손이 수도로 변했다. 손등이 위를 향한 손날이 '그것'의 옆머리를 강타했다.

쾅!

머리가 절반쯤 부서진 '그것'의 몸이 타격 당한 반대편으로 3, 4미터를 날아가 나뒹굴었다.

그제야 등 쪽으로 따라붙었던 다른 '그것'의 오므린 손끝이 이혁이 있던 자리를 무서운 기세로 긁었다.

쭈와악-

허공을 가르는 손톱 소리는 그 공격에 실린 힘이 어느 정도였는지를 충분히 짐작할 수 있게 했다.

이혁은 등 뒤쪽은 신경도 쓰지 않았다.

전력을 다해 회피하고는 있지만, 설령 타격을 당한다고 해도 감수할 생각이었다. 물론, 치명상까지 감수할 마음은 전혀 없었고.

전보다 더 강해진 둘을 동시에 상대하게 되면 그라 해도 승산을 장담하기 어려웠다. 한쪽을 무력화시키는 것이 무엇보다 중요했다.

이혁의 발이 지면을 박찼다.

그의 몸이 머리가 부서진 채 나뒹군 '그것'의 궤적을 그대로 쫓았다. 그의 뒤를 또 다른 '그것'이 따랐다.

두 걸음으로 3, 4미터를 건너뛴 이혁의 몸이 허공에서 공중제비를 돌려 쓰러진 '그것'의 가슴으로 떨어져 내렸다.

그는 몸을 쭉 펴며 뒤꿈치를 허벅지 뒤까지 잡아당겼다. 창처럼 세워진 두 개의 무릎이 포개진 채 '그것'의 상체 위에 미사일처럼 내리꽂혔다.

쿵.

와드득!

펄떡펄떡…….

그의 무릎은 '그것'의 가슴을 완전히 으스러뜨리며 뚫어버렸다.

구멍이 뻥 뚫린 '그것'의 가슴에서 진득한 흑회색의 핏물과 부서진 뼈와 살점들이 폭죽처럼 사방으로 튀어 올랐다. 입에서도 꿀럭거리며 흑회색의 덩이진 것들이 쉴 새 없이 흘러나왔다.

이혁은 그 상태에서 그대로 주먹을 '그것'의 얼굴에 내리꽂았다.

퍼석!

그의 쇳덩이 같은 주먹이 코와 입을 포함한 인중을 부수며 '그것'의 얼굴을 절반 이상 무너뜨렸다.

와직!

연이은 다른 주먹이 그것의 이마를 강타했다.

'그것'의 머리는 산산조각이 났다. 뼈와 살점이 덕지덕지 붙어 있긴 했지만, 그것의 머리 부분은 형태를 완전히 잃었다.

머리가 박살 난 때문인지 '그것'은 봄을 부들부들 떨 뿐 더는 움직이지 못했다.

그워어어어어!

괴성과 함께 다른 '그것'이 훌쩍 날아 이혁의 머리를 향해 두 발을 번갈아 차댔다.

'그것' 하나가 무력화될 즈음이 될 때까지도 다른 '그것'의 공격이 이혁에게 닿지 않았을 만큼 그의 공격은 빨랐다.

이혁은 고개를 푹 숙여 '그것'의 발길질을 피하며 발끝과 손바닥으로 지면을 세게 밀었다.

휘익!

그의 몸이 탄환처럼 '그것'을 향해 날아갔다.

헛발질을 한 후 발을 내리며 손으로 이혁을 할퀴어 가던 '그것'의 드러난 복부에 이혁의 어깨가 무서운 기세로 틀어박혔다.

쿵!

'그것'의 복부에 어깨를 쑤셔 박은 채로 둘은 4, 5미터를 날아가 떨어졌다.

우당탕탕탕!

바닥에 '그것'의 등이 닿을 때 이혁은 어깨를 빼며 한 손으로는 '그것'의 턱을 다른 손으로는 '그것'의 뒷머리를 잡았다.

이를 악문 이혁의 손에 힘이 들어갔다.

우두둑!

목뼈가 단숨에 부러지며 '그것'의 얼굴이 등 뒤로 홱 돌아갔다.

손을 뗀 이혁은 발을 들어 그의 어깨공격으로 움푹 들어가 있는 '그것'의 복부를 세차게 걷어찼다.

그의 입에서 가는 숨결이 흘러나왔다.

'그것'의 목뼈가 부러지는 것을 보고 느끼며 이 싸움이 끝났다는 생각에 절로 나온 한숨이었다.

그의 발이 '그것'의 복부에 틀어박히려는 찰나,

이혁의 안색이 변했다.

목이 돌아갔던 '그것'이 한 걸음 옆으로 비켜 이혁의 발을 피하며 주먹으로 그의 가슴을 강타했다.

순간의 방심이 만들어낸 허, 이혁은 피하지 못했다.

쾅!

"크윽! 울컥!"

이혁은 피를 토하며 정신없이 뒤로 물러났다.

찰나지간 몸을 틀어 심장을 피하긴 했지만 충격으로

내부가 뒤집어지는 듯했고, 눈앞에 반짝이는 별도 몇 개가 왔다 갔다 하고 있었다.

기의 흐름도 간간이 끊어지며 원활하지 않았다.

경락도 흔들린 듯했다.

'빌어먹다 얼어 죽을!'

절로 욕이 나왔다.

누굴 탓하랴.

상대가 살아 있는 자가 아니라는 걸 깜박 잊은, 명백한 자신의 실수였다.

'그것'들은 이미 죽은 자들, 목뼈가 부러진다고 또 죽지는 않는다.

죽으려 해도 그럴 수 없는 존재들.

'그것'들이 살아 있는 사람보다 더 빠르고 강하게 움직이고 있었기 때문에 이혁은 그 단순한 사실을 잊고 있었던 것이다.

"아아!"

"안 돼!"

"위험해요!"

남아서 싸움을 지켜보던 사람들의 입에서 경악과 두려움이 담긴 탄성이 터져 나왔다.

피를 토하며 뒤로 물러나는 이혁을 향해 '그것'이 미친 듯이 달려들고 있었다.

그들의 눈에는 이혁이 곧 '그것'의 공격에 쓰러질 것처럼 보였던 것이다.

이혁은 피가 배어 나올 정도로 이를 악물었다.

평소에도 뚜렷하던 그의 턱선이 불룩해지며 윤곽이 더욱 확연해졌다.

그의 발끝이 비스듬히 사선으로 틀리며 무릎이 낮아졌다. 자세를 낮춘 그의 오른발이 미끄러지듯 앞으로 한 걸음 전진했다.

나비처럼 부드럽게 허공을 그은 그의 오른손이 그에게 접근하며 휘두르던 '그것'의 두 팔 손목을 밀어내듯 연이어 슬쩍 짚었다.

휙휙.

무서운 기세로 다가온 '그것'의 주먹이 칼날 같은 바람을 일으키며 그의 이마를 스쳤다.

어이없을 정도로 허망하게 빗나간 '그것'의 두 주먹이 그의 어깨 위로 번개처럼 교차하며 그것의 발이 꼬였다. 그리고 몸의 균형이 무너졌다.

이혁은 이번 한 수에 그가 수련한 무예의 진수를 모두 사용했다.

넉 량으로 천 근의 힘을 사용할 수 있다는 사량발천근과 힘을 역이용하는 이화접목이 담긴 수법이었다.

최선의 방어는 공격.

연이은 헛손질로 인해 '그것' 의 가슴은 이혁 앞에 허를 드러내고 있었다. '그것' 의 움직이는 속도를 고려한다면 그 허는 찰나지간 사라질 것이었지만 이혁에게는 천금과 도 같은 기회의 시간이었다.

나비처럼 부드럽게 움직이던 그의 오른팔이 쇠기둥처럼 변하며 주먹이 몸 안쪽으로 굽었다. 굽어진 팔은 삼각의 구도를 이루며 팔꿈치가 창끝처럼 지면과 수평을 이루었 다. 미끄러지듯 움직이던 오른발이 슬쩍 들리는가 싶더니 가공할 기세로 진각을 밟았다.

쾅!

전시관 전체가 뒤흔들리는 듯한 굉음과 함께 팔꿈치를 세운 이혁의 몸이 한줄기 폭풍처럼 '그것' 의 품 안으로 쇄도했다.

위험을 직감한 '그것' 은 뒤로 물러나려 했지만, 전력을 다한 이혁의 공격은 그보다 한발 빨랐다.

피할 수 없다는 걸 깨달은 듯 그것은 양 손바닥을 겹쳐 이혁의 팔꿈치 앞에 세웠다.

이혁의 팔꿈치와 그것의 두 손바닥이 허공에서 충돌했 다.

와드득!

손목뼈가 그대로 부러져 나가며 '그것' 의 손등이 팔등 에 닿았다. 하지만 이혁의 공격은 그것이 끝이 아니었다.

손목을 부러뜨린 그의 팔꿈치는 절로 벌어진 '그것'의 두 팔 사이를 지나 가슴에 유성처럼 꽂혔다.

　쾅!

　벼락 치는 듯한 소리와 함께 그의 팔꿈치가 절반 이상 '그것'의 가슴에 틀어박혔다.

　막대한 충격을 받았을 텐데도 '그것'은 표정 없는 얼굴로 상체를 비틀어 이혁의 팔꿈치를 밀어내며 뒤로 물러나려 했다.

　이혁의 눈에 섬광과도 같은 빛이 어렸다.

　끝낼 시간이었다.

　'그것'이 반 보가량 물러나자 이혁의 팔꿈치는 자연스럽게 '그것'의 가슴에서 빠져나왔다. 그는 팔꿈치를 지면과 수평으로 유지한 상태에서 활짝 폈다. 반원을 그린 그의 손등이 환상과도 같은 포물선을 그리며 '그것'의 미간으로 떨어졌다.

　퍼석!

　그의 손등에 맞아 코뼈와 얼굴뼈가 동시에 내려앉은 '그것'의 몸이 휘청거렸다.

　이혁은 그때까지 뒤에 있던 왼발을 오른발의 뒤로 끌며 몸을 역회전시켰다. 그 회전이 시작될 때 곧추세워진 왼 팔꿈치가 '그것'의 머리와 목 사이 측면을 강타했다.

　우지직!

‘그것’의 목이 반대편으로 힘없이 부러지며 귀가 어깨에 닿았다. 하지만 이혁의 회전은 아직 마무리된 것이 아니었다.

오른발을 축으로 삼은 그의 왼발이 들리며 굽혀진 무릎이 그대로 ‘그것’의 활짝 열린 옆구리를 파고들었다.

그의 무릎 공격은 거대한 해머처럼 ‘그것’의 옆구리를 부수고 들어가 내장을 뭉개고 갈비뼈와 척추를 산산조각으로 부쉈다.

우두둑!

콰자작!

뼈와 살이 으스러지는 기음과 함께 그것의 몸이 이혁의 무릎 방향으로 90도로 꺾였다.

‘그것’의 머리가 이혁의 코앞에 있었다. 그는 양손으로 ‘그것’의 머리를 부여잡았다. 그리고 힘주어 돌리며 세차게 잡아당겼다.

와직!

푸확!

그것의 머리가 몸통에서 떨어지며 흑갈색을 띤 걸쭉한 액체가 이혁의 몸을 확하며 덮쳤다.

이혁은 피하지 않았다.

아니, 피할 수가 없었다.

흑갈색 액체로 뒤덮여 잘 볼 수 없었지만 지금 그의 안색은 핏기 하나 찾아보기 어려울 만큼 창백했다.

내상을 입은 상태에서 전력을 기울인 그였다. 지나친 기력의 소모로 인해 그는 탈진하기 직전이었다.

그는 손에 든 '그것'의 머리를 아무렇게나 집어던졌다.

통. 데구루루……

기괴한 소리와 함께 바닥을 구르던 잘린 머리가 천천히 움직임을 멈췄다.

장내는 깊은 침묵에 사로잡혔다.

싸움은 끝이 났다.

이혁은 '그것'들의 잔해에서 눈을 떼고 주변을 돌아보았다.

탈출의 움직임은 멎어 있었다. '그것'들이 더는 살육을 할 수 없다는 걸 깨달은 사람들이 떠나지 않은 것이다.

그들은 경이에 젖은 눈으로 이혁을 보고 있었다.

이혁은 그들의 시선이 부담스러웠다.

사람들이 그를 보며 놀라워할수록 그는 피곤해질뿐인 것이다.

애앵- 애앵-

어렴풋이 요란한 사이렌 소리가 들렸다.

경찰차 소리였다.

이혁의 무심한 시선이 잠시 소리가 들려온 쪽을 향했다.

'그리 늦지는 않았군.'

치열하고 치명적인 싸움이었지만 그와 '그것'들이 싸운 시간은 3분도 채 되지 않았다.

터벅터벅.

그는 걸음을 옮겼다.

경찰이 오기 전에 떠나야 했다. 사람들은 그가 누구인지 알고 싶었고, 그에게 감사를 표하고 싶었다. 하지만 그런 마음을 가진 사람들 중 그 누구도 그의 앞을 막아서지 못했다.

조금씩 빨라지는 걸음으로 전시관을 빠져나가는 이혁의 몸에서 흘러나오는 차갑고 강렬한 기세가 그것을 불가능하게 했다.

누구도 그 기세를 감당할 수는 없었던 것이다.

*　　　*　　　*

철벅철벅.

피가 냇물처럼 흐르는 복도.

규칙적인 발걸음 소리가 점점 커졌다.

싱그러운 미소와 함께 자신을 향해 똑바로 걸어오는 사내와 눈이 마주친 타카이의 얼굴에 보일 듯 말 듯 그늘이 졌다. 방문을 열 때부터 뒷짐을 지고 있던 그는 천천히 손에 든 베레타의 총신을 어루만졌다.

사내는 혼자가 아니었다.

그에 앞서 복도를 지옥으로 만든 열 명의 검은 정장사내가 좌우로 도열하며 나뒹구는 시체들을 발로 치웠다.

사내는 그 사이를 걸어 타카이에게 다가오고 있었다.

사내와 타카이의 눈이 허공의 한 점에서 마주쳤다.

사내는 싱긋 웃었다.

남자의 마음도 울렁거리게 만들 정도로 멋진 미소.

훤칠한 키의 이십대 사내는 흔히 보기 어려운 굉장한 미남이었다. 그리고 타카이는 이 사내를 알고 있었다.

그가 이 사내를 직접 만난 적은 없었다. 하지만 신상자료를 통해 익숙한 사내였다. 사내는 반드시 기억해 두어야 하는 특급자료집 속에 이름을 둔 자였다.

"적무린……."

타카이의 작게 벌어진 입술 사이로 낮은 목소리가 새어나왔다.

적무린은 장난스럽게 오른쪽 눈을 찡긋거리며 타카이에게 윙크했다.

타카이가 그를 알고 있는 것처럼 그도 타카이를 알고 있었다. 타카이 또한 반드시 기억해 두고 있어야만 하는 중요한 인물이었기 때문이다.

그가 웃음기 섞인 어조로 말했다.

"이런 곳에서 후지와라 가문의 다음대 집사로 내정되어

계신 타카이 씨를 만나리라고는 기대조차 하지 않았었습니다만. 오늘 대어를 건지는군요. 하하하."

그의 유쾌한 어조와 입가에 드리워진 환한 미소는 그가 진짜 즐거워하고 있음을 알 수 있게 했다.

타카이의 2미터 앞에서 걸음을 멈춘 적무린은 슬쩍 타카이의 어깨너머에 시선을 주었다. 내부를 본 그의 눈에 기묘한 빛이 일렁였다.

그는 눈으로 목이 부러진 시신을 가리키며 다시 입을 열었다.

"저자가 최일이겠군요."

타카이는 고개를 끄덕이며 말을 받았다.

"사소한 다툼이 있었소. 그건 그렇고 나 또한 이곳에서 앙천의 대외무력을 책임지고 있는 사대천왕 중 한 분을 볼 수 있을 거라고는 생각하지 못했소만."

적무린은 어깨를 으쓱했다.

"저도 며칠 전까지 제가 변방의 이 작은 나라에까지 오게 될 줄 몰랐는데, 타카이 씨가 벌써부터 알고 계셨을 리는 없겠죠. 하하하."

목젖이 보일 정도로 크게 웃던 적무린의 얼굴에서 미소가 씻은 듯이 사라졌다. 뱀처럼 차갑고 냉정한 눈빛이 타카이의 눈에 꽂혔다.

그의 안색 변화는 예측하기 어려울 만큼 급작스러웠다.

타카이는 얼음물을 뒤집어쓴 것처럼 전신에 오한이 드는 것을 느꼈다.

적무린이 건조해진 음성으로 말했다.

"함께 가주셔야겠습니다."

타카이는 베레타의 방아쇠에 손가락을 걸며 담담하게 웃었다.

"옥룡이라고까지 불리는 분의 초청이니 기꺼이 받아들여야 한다는 것을 알고 있지만, 사정이 있어 응할 수 없는 상황이라 진심으로 안타깝고 미안하오."

적무린의 입가에 환한 미소가 번졌다. 하지만 그의 두 눈엔 한 점의 웃음기도 담겨 있지 않았다.

그가 말했다.

"저자들과의 다툼 때문에 피곤하신 모양이군요. 함께 온 수하들이 여럿이라 그들에게 몸을 맡기면 됩니다. 타카이 씨는 말만 할 수 있는 상태면 되니까, 굳이 두 발로 걸어서 나와 함께 갈 필요는 없거든요."

말투는 부드럽지만 그 안에 담긴 살기는 지독해서 타카이의 살갗이 따끔거릴 지경이었다.

복도를 둘러싼 음산한 살기가 너울처럼 일렁대기 시작했다.

타카이의 목젖이 보일 듯 말 듯 꿀렁거렸다.

그의 전투 능력은 저들 개개인에 비해 못하지 않았다.

베레타도 들고 있었고, 장탄수 또한 적의 수와 엇비슷했다. 하지만 그는 자신이 이 자리를 빠져나갈 가능성이 거의 없다는 것을 알고 있었다.

그의 앞에 서 있는 적무린, 그가 문제였다.

그가 아는 적무린은 혈해가 수십 년에 걸쳐 공들여 키운 전투의 스페셜리스트들, 사대천왕의 일인이었다.

사대천왕 개개인의 무력은 정확히 알려진 바가 없었다. 하지만 후지와라 가문 내의 정보전문가들은 사대천왕 개개인의 전투능력을 극상으로 분류했다.

극상등급에는 가문 내의 특별한 사람들 몇 외에는 절대 그들과 정면충돌하지 말라는 뜻이 담겨 있었다.

타카이는 지그시 이를 물었다.

저들과 싸우고 싶은 마음은 추호도 없었다. 하지만 싸움을 피할 방법은 없었다.

서로를 보는 눈에 살기가 어리며 복도의 분위기가 스산해졌다.

그때였다.

我的情不移
워디칭부이~
我的愛不變
워디아이부삐엔~

月亮代表我的心
위에량따이뻬아오워디씬~

어디선가 들려오는 등려군의 달콤한 노랫소리가 삭막하
던 분위기에 커다란 구멍을 냈다.

부풀어 올랐던 풍선에 구멍이 난 것처럼 푸확하며 분위
기가 널널해졌다.

적무린의 창백할 정도로 희던 얼굴에 언뜻 홍조가 떠올
랐다. 그는 호주머니에 손을 집어넣어 휴대폰을 꺼냈다.

등려군의 노랫소리는 그의 휴대폰에서 나고 있었다.

타카이는 지금이 기회라는 것을 알고 있었다. 하지만
그는 움직이지 않았다.

설명하기 어려운 예감 때문이었다.

묵묵히 기다린 그의 예감은 틀리지 않았다.

휴대폰을 귀에 댄 채 말없이 상대방의 말에 귀를 기울
이던 적무린의 눈에 놀람의 기색이 떠오르는 것이 그의
눈에 보였다.

전화를 하면서도 적무린은 시선을 타카이에게서 떼지
않고 있었기에 그의 눈빛 변화를 알아보는 건 어렵지 않
았다.

휴대폰을 접어 전화를 끊은 적무린이 타카이를 보며
싱긋 웃었다.

"기다림의 미학을 아는 분을 만나서 반가웠습니다, 타카이 씨."

타카이는 상황이 변했다는 것을 직감했다.

그는 싱긋 웃으며 말을 받았다.

"옥룡을 만나 뵙게 되어 영광스러웠소."

적무린은 등을 돌렸다. 그리고 무서운 속도로 복도를 달려갔다. 그의 뒤를 정장 사내들이 따랐다.

타카이는 고개를 갸웃했다.

적무린이 그를 포기하는 건 쉽지 않은 일이었다. 게다가 뒤도 돌아보지 않고 달릴 만큼 급한 몸놀림이라니. 싸움에 할애할 시간이 아까울 정도로 급박한 어떤 일이 터졌다고 밖에는 볼 수 없었다.

그는 휴대폰을 켰다.

다이키가 결과를 기다리고 있을 터였다.

최일에 대한 사안과 더불어 적무린과 관련된 보고를 해야 했다.

신호가 두 번을 가기 전에 다이키가 그의 전화를 받았다.

그는 보고를 하려 했지만 타이밍을 가질 수 없었다. 다이키가 급박한 어조로 먼저 입을 열었기 때문이다.

[타카이, 당장 무역전시관으로 가라.]

뜬금없는 지시라 타카이는 멍해졌다.

"예?"

[우려했던 사태가 터졌다. 마루타들이 그곳에서 사람들을 죽이고 있단 말이다. 빨리 가서 마루타를 회수해!]

수화기 저편에서 다이키는 악을 쓰고 있었다.

타카이의 안색이 확 변했다.

그는 적무린이 망설임 없이 자신을 포기한 이유가 무엇인지 깨달았다.

"하이!"

짧게 대답한 그는 휴대폰을 든 채로 뛰기 시작했다.

*   *   *

흔들리던 화면이 부서진 문을 통과하며 내부를 비추었다. 참혹한 시신들과 사방으로 튄 핏자국들이 어우러진 한 폭의 지옥도가 화면 내에 펼쳐졌다.

그것을 보며 혀로 입술을 축이던 백금발 청년의 안색이 확하며 납덩이처럼 굳어졌다. 의자의 팔걸이를 잡은 그의 손에 힘이 들어갔다.

푸스슷―

그의 손아귀에 잡힌 팔걸이 두 개가 가루가 되어 그의 손가락 사이로 흘러내렸다.

팔다리가 찢어지거나 몸 어딘가에 구멍이 뚫린 사람들이

내지르는 비명과 털푸덕 주저앉아 알 수 없는 소리를 지르며 울부짖는 사람들로 인해 장내는 소란스러웠다. 하지만 백금발 사내는 그런 사람들에게 한 번도 시선을 주지 않았다.

그가 기대했던 공연장 내부의 모습은 저런 것이 아니었다.

미친 듯이 날뛰고 있을 거라 기대했던 것들의 모습이 보이지 않았다. 사람들도 저런 모습을 보여주어서는 안 되었다. 저들은 '그것'들에 의해 온몸이 찢긴 채 죽어가고 있어야 했다.

장내를 훑던 화면이 무대와 관객석 사이의 어느 지점에 고정되었다.

그곳은 폭탄이라도 맞은 것처럼 모습을 보여주고 있었다.

의자들은 태반이 박살이 나 있었고, 바닥 곳곳은 전차의 무한궤도라도 지나간 것처럼 곳곳이 길게 움푹 패여 있었다. 그리고 그곳에 목이 뜯기고, 상체가 엉망진창이 된 시신 두 구가 누워 있었다.

백금발 청년의 입에서 새어 나오던 숨결이 사라졌다.

그는 숨도 쉬지 않은 채 무섭게 빛나는 눈으로 화면에 보이는 두 구의 시선을 바라보았다.

장내의 시신은 그들 둘뿐만이 아니었다. 족히 2, 30명이 넘어 보이는 사람들이 시신으로 나뒹굴고 있었다. 그러나 두 구의 시신은 다른 시신들과 분명한 차이점이 있었다.

그것이 피의 색깔이었다.

두 구의 몸 주변에 웅덩이처럼 고인 핏물의 색은 붉지 않았다.

백금발 청년의 입술이 살짝 벌어지며 가라앉은 음성이 흘러나왔다.

"사토."

"예, 주인님."

"설명을 할 수 있겠느냐?"

사토는 대답하지 못했다.

화면에 보이고 있는 상황은 그가 생각조차 하지 않았던 것이었다.

"시간이 필요합니다, 주인님."

그가 할 수 있는 최선의 대답이었다.

백금발의 청년은 잠시 굳은 듯 꼿꼿이 허리를 세운 채 화면을 바라보기만 했다. 그의 자세가 변한 것은 10여 초가 지난 후였다.

그의 손에서 서서히 힘이 빠져나갔다. 그는 의자에 등을 깊숙이 파묻었다.

"저곳에서 어떤 일이 벌어졌는지 알고 싶다."

"오래 기다리시지 않도록 하겠습니다, 주인님."

"저것들은 치워라. 다른 자의 손에 넘어가는 걸 보고 싶지 않구나."

"예, 주인님."

사토는 허리를 깊숙이 숙이며 말했다.

백금발 청년은 고개를 끄덕였다. 그리고 눈을 감았다.

사토는 손에 들고 있던 리모컨의 단추를 눌렀다.

화면이 시커멓게 변하며 거실은 긴 침묵에 휩싸였다.

*   *   *

대사관 집무실에서 책상에 코를 박을 듯한 자세로 서류를 보고 있던 로크 윌리암스는 세차게 진동하는 휴대폰의 액정을 보며 눈살을 찌푸렸다.

액정화면엔 제이슨이라는 글이 떠올라 있었다.

그는 국무부에 보낼 중요한 서류를 보고 있던 터라 한참 집중하고 있었다. 그래서 그는 제이슨의 전화가 그리 달갑지 않았다.

경험상 CIA요원의 전화를 받고 난 후에는 반드시라고 해도 좋을 정도로 머리가 복잡해지는 상황을 겪었기 때문이다. 그렇다고 전화를 받지 않을 수도 없었다.

제이슨 래드너는 단순한 요원이 아니라 CIA의 한국 지부 책임자였으니까.

휴대폰을 켠 로크는 조금 지친 듯한 목소리로 입을 열었다.

"무슨 일인가, 제이슨?"

[바쁘신 듯한데 죄송합니다, 대사님.]

제이슨의 목소리는 확연하게 느낄 수 있을 만큼 딱딱했다.

로크는 심상치 않은 일이 생겼다는 걸 직감했다. 평생 첩보계통에서 산전수전을 다 겪은 제이슨이 감정을 컨트롤하지 못할 정도의 일이라면 작은 일일 수 없는 것이다.

짜증은 단숨에 날아갔다.

그는 제이슨이 말을 편하게 할 수 있는 분위기를 만들어주기로 했다.

"죄송할 일은 하지 않는 게 예의라네."

농담조가 섞인 그의 어조는 부드러웠다.

[대사님께 무례를 범할 수밖에 없는 일이 생겼거든요.]

로크가 이야기를 들을 준비가 되었다는 걸 알아차린 제이슨의 목소리도 가벼웠다.

"호오, 대체 어떤 일이기에 자네가 그렇게까지 말하는 건지 궁금하군그래."

대답하는 제이슨의 목소리에 긴장이 스며들었다.

[대전에서 초대형 사건이 발생했습니다. 사상자의 수가

일백 명을 넘습니다.]

놀란 로크는 흠칫했다.

"사고인가?"

한국은 전 세계를 통틀어도 비교할 나라를 찾아보기 어려울 만큼 치안이 안정되어 있는 나라였다. 살인사건이 발생하지 않는 건 아니지만 그가 알기로 최근 수십 년간 일백 명 규모의 사상자가 나올 정도로 큰 사건은 없었다.

생각할 수 있는 가능성은 건축물과 관련된 사고뿐이었다.

[사고가 아닙니다. 살인사건입니다.]

로크의 눈이 커졌다.

"살인? 폭탄테러라도 일어났단 말인가?"

[폭탄이 아닙니다. 사상자들은 단 두 명에게 당했습니다.]

제이슨은 빠르게 말을 이었다.

[지금 상세하게 설명드리기는 어렵습니다. 분명한 건 제가 대사님께 일전에 말씀드렸던 사항과 관련이 있어 보이는 사건이라는 겁니다.]

로크의 미간이 좁아졌다.

제이슨과 만난 건 그리 오래전이 아니었다. 기억을 못할 리 없는 것이다.

제이슨이 말을 이었다.

[제가 말씀드리는 것보다 동영상을 보시는 것이 현 상황을 이해하는 데 더 도움이 될 겁니다.]

"동영상?"

[예. 현장에서 벌어진 상황을 촬영한 동영상이 인터넷에 실시간으로 올라오고 있습니다. 지금 대사님께 동영상을 전송하고 있습니다. 그것을 보시고 한국 내의 정보 통제를 추진해 주십시오. 인터넷상에 올라온 동영상 삭제와 타국으로 흘러들어 간 정보를 제어하는 건 저희가 본국과 함께 조치하겠습니다. 분초를 다투는 일입니다, 대사님. 부탁드리겠습니다.]

"알겠네."

로크는 인터넷의 보안회선을 열었다.

메일이 하나 와 있었다.

송신자는 제이슨이었다.

동영상을 다운로드한 로크는 즉시 프로그램을 열어 동영상을 플레이시켰다.

1분도 지나기 전에 로크의 안색은 돌덩이처럼 딱딱해졌다.

그는 망설임 없이 폰을 눌렀다.

"멜리사."

[예, 대사님.]

비서인 멜리사의 대답이 끝나기도 전에 로크는 말을 이었다.

"비상회의를 소집한다고 전하게. 10분 주겠네."

[알겠습니다, 대사님.]

로크의 목소리가 심상치 않다는 걸 느낀 멜리사는 지체 없이 대답했다.

폰을 끈 로크는 눈을 감았다.

제이슨의 부탁을 이행하기 위해서는 많은 사람과 통화를 하고 또 만나야 했다.

그는 나직하게 한숨을 내쉬며 투덜거렸다.

"어떤 미친놈이 이 나라를 조용한 아침의 나라라고 한 거야!"

제10장

전시관 밖은 난장판이라는 말로도 설명이 부족했다.

수많은 사람이 웅성거리고 있었고 그 수는 빠르게 늘고 있었다. 게다가 수십 대가 넘어 보이는 경찰차와 경찰 소속의 기동타격대 차량들, 거기에 119구급 차량들이 속속 도착하면서 주변 도로를 완전히 메우다시피 하고 있었다.

지수와 친구들은 얼이 반쯤 나간 얼굴로 발을 동동 구르며 전시관을 보고 있었다.

여학생들의 얼굴은 눈물에 젖어 엉망이었고, 남학생들은 울지는 않았지만 하나같이 얼굴이 파리하게 질려 있었다.

얼마나 힘을 주었는지 가슴 앞에 깍지 껴 모은 두 손의

색이 하얗게 변한 채로 지수는 눈물을 줄줄 흘렸다.

"오빠… 오빠……."

목소리가 갈라져서 탁한 쇳소리가 났다.

지금 그녀의 심정을 말해주듯 눈에서는 눈물이 폭포수처럼 흐르고 있었지만, 그녀의 입술은 반대로 바싹 말라 터지기 일보 직전이었다.

옆에 있던 주희가 지수의 어깨를 끌어안으며 말했다.

"너무 걱정하지 마. 오빠도 생각이 있으니까 우리를 먼저 내보낸 거 아니겠어? 게다가 어떤 사람이 그 괴물들을 막고 있다잖아. 별일 없을 거야."

다독이는 어조였지만 그녀의 음성에도 두려움과 걱정이 가득했다.

지수 일행은 이혁이 반강제다시피 자신들을 공연장 내에서 몰아낸 것에 대해 깊이 감사하고 있었다.

공연장 내에서 어떤 일이 벌어졌는지 모르는 사람은 없었다.

안에서 촬영하던 사람들 중 몇 명이 실시간으로 화면을 인터넷에 업로드한 덕분이었다. 그 동영상의 여파는 어마어마했다. 동영상은 전 세계의 온갖 사이트로 퍼 날라지고 있는 중이었고, 다운로드 수는 분당 수십만을 넘었다.

그 때문에 지수와 일행을 비롯해서 공연장을 찾았다가 밖으로 탈출한 사람들의 전화는 불이 났다.

그들의 안전이 걱정된 가족들과 지인들이 쉴 새 없이 전화를 했던 것이다.

갑자기 주변에서 커다란 환호 소리가 났다.

"우와아!"

"그 사람이 이겼어!"

"괴물들이 죽었다!"

지수와 친구들은 놀라 동그래진 눈으로 주변을 돌아보았다.

공연장 주변에 있던 사람들 중에는 인터넷을 볼 수 있는 최신형 휴대폰을 들고 있는 사람들이 있었다.

환호는 실시간으로 공연장 내부에서 전송된 동영상을 보던 그들이 내지른 것이었다.

지수와 일행이 놀라 환호를 내지르는 사람들을 돌아보았다.

그들은 영상을 보지 못해서 안에서 어떤 일이 벌어졌는지 정확하게 알지는 못했다. 주변에서 떠드는 소리들로 대충 짐작만 하고 있을 뿐이었다.

주희가 지수를 보며 흥분한 어투로 말했다.

"괴물들이 죽었나 봐."

"그럼……?"

지수는 공연장을 돌아보았다.

그 순간 그녀는 자신의 어깨를 짚는 커다란 손을 느낄

수 있었다.

확 소리가 날 정도로 고개를 돌린 그녀의 눈에 자신을 내려다보며 싱긋 웃고 있는 이혁의 창백한 얼굴이 들어왔다.

"오빠?"

이혁을 보는 그녀의 눈이 왕방울처럼 커졌다.

이혁의 얼굴은 핏기 하나 없었고, 코와 귀, 그리고 입에서는 아직도 마르지 않은 핏물이 조금씩 새어 나오고 있었다.

그녀는 다급하게 이혁의 팔을 부여잡았다.

"다쳤어?"

이혁은 지수의 시선이 닿은 코를 손으로 쓱 훔치며 대답했다.

"그것들이 지르는 소리가 엄청났잖냐. 흐흐흐."

그는 지수의 어깨를 커다란 손으로 몇 번 툭툭 쳤다.

지수는 눈물이 그렁그렁하게 맺힌 눈으로 이혁을 보다가 그 품에 와락 안겼다.

"걱정했잖아!"

이혁은 쓰게 웃었다.

"내가 애한테 걱정을 시킬 정도로 형편없는 남자가 아니라는 걸 아직도 모르는구나."

지수가 이혁의 품을 벗어나며 세차게 주먹으로 그의 가

슴을 한 대 쳤다.

"애라고!"

"킥!"

이혁은 허리를 숙이며 가슴을 움켜쥐고 죽는시늉을 했
다.

지수는 이혁이 아픈 시늉을 한다고 생각하고 코웃음을
쳤다.

이혁도 곧 웃으며 허리를 폈다. 하지만 그의 이마에는
식은땀이 송골송골 맺혀 있었다. 지수의 장난스런 주먹질
에도 충격을 받을 정도로 그의 상처는 극심했다.

"가자. 여기 더 있으면 좋은 꼴 보기 어렵다."

어린 나이였지만 지수와 일행도 이런 대형사건의 현장
에 있으면 번잡한 일이 많아진다는 정도는 알고 있었다.

"응."

지수는 고개를 끄덕였다.

그런 그녀의 시선이 의아하다는 빛을 띠며 이혁의 상체
를 훑었다.

"오빠, 그런데 옷이 바뀌었네?"

이혁의 상의는 공연장에 들어갈 때 입었던 것이 아니었
다.

이혁은 씨익 웃었다.

"안에서 나올 때 피가 많이 묻어서 바꿔 입었다."

지수는 쉽게 납득했다. 이혁의 얼굴은 입과 코에서 흐르는 피로 인해 엉망이었다. 그 피가 옷에까지 튀었다면 자신이라도 갈아입고 싶었을 터였다.

지수가 더 이상 아무런 질문을 하지 않자 이혁은 그녀의 어깨를 다독이며 걸음을 옮겼다. 걸으며 돌아본 그의 눈에 공연장 내부로 빠르게 진입하는 경찰들이 보였다.

그들의 선두에는 사복을 입은 사람들이 서 있었다.

이혁은 그 사람들 사이에 섞여서 긴 머리를 휘날리며 미친 듯이 뛰어가는 여인을 보고 있었다.

뒷모습이 낯이 익었다.

이수하였다.

다행히 그녀는 그의 전화를 무시하지 않은 모양이었다. 생각했던 것보다 많이 늦지 않은 것이다.

안에는 죽은 사람보다 크게 다친 사람들이 많았다. 모두 출혈이 극심한 상태여서 즉각적인 응급조치가 필요했다. 그들에게 일찍 도착한 경찰과 소방서의 구급대원들은 구명줄이 되어줄 것이다.

이혁은 시선을 돌렸다.

여기서 이수하에게 잡히면 일이 단단히 복잡해질 게 뻔했다.

그의 걸음이 빨라졌다.

　　　　　*　　　　*　　　　*

　공연장 내부로 진입한 경찰과 소방관들의 안색이 하얗게 변했다. 개중에는 다급하게 입을 틀어막고 밖으로 뛰쳐나가는 사람들도 있었다.

　현장은 시신과 피에 익숙한 그들조차도 속이 뒤집히는 것을 참을 수 없을 만큼 무참하기 이를 데 없었다.

　"한 장의 지옥도를 보는 듯하구만……."

　내부를 둘러보고 얼굴이 일그러진 팀장 최태영이 신음처럼 중얼거렸다. 그와 어깨를 나란히 하고 있던 이수하를 비롯한 팀원들은 고개를 끄덕였다.

　아직도 얼굴이 창백한 이수하가 말을 받았다.

　"악마라도 다녀간 것 같네요……."

　말끝이 흐트러져 있었다.

　그 외에 어떤 말로 현장을 설명할 수 있을지 생각조차 나지 않는 참경이었다.

　함께 들어온 소방관들은 이인일조를 이루더니 가지고 온 들것을 들고 바닥에 누워 신음하는 사람들을 찾아 여기저기 흩어졌다. 그리고 경찰관들은 내부에 있는 사람들을 진정시키며 밖으로 내보냈다.

　현장에 도착한 경찰관들 중 가장 신분이 높은 사람은 최태영이었다.

그와 팀원들은 이수하의 협박에 가까운 요구로 무역전시관을 향해 오다가 사건을 들었기 때문에 누구보다도 먼저 현장에 도착할 수 있었다.

이수하의 조원인 박장호 형사가 갑자기 혀를 찼다.

"허… 이런 장소에서도 저따위 짓을 하는 놈들이 있을 줄은 생각도 못했네……."

그의 시선이 향한 곳에는 여전히 현장을 촬영하고 있는 사람들이 있었다.

최태영이 씁쓸하게 말했다.

"박 형사, 저 미친놈들 덕분에 이곳 상황을 알게 빨리 된 거다. 정서에 문제가 있을지는 몰라도 우리는 지금 저들을 면박할 처지가 아냐."

어느 정도 냉정을 되찾은 최태영이 연이어 팀원들에게 지시를 내렸다.

"그 괴물들 누군가에게 맞고 쓰러졌다고 했지? 찾아봐!"

"알겠습니다."

짧게 대답한 팀원들이 흩어졌다.

괴물들이 쓰러진 자리를 찾는 건 어렵지 않았다. 다른 장소와 달리 그곳은 폭탄이 떨어진 듯 부서진 잔해들로 가득했기 때문이었다.

제일 먼저 그 장소를 발견한 건 이수하였다.

그곳엔 두려운 듯 주춤거리면서도 호기심을 이기지 못하는 표정으로 구경하는 사람들 서너 명과 소지하고 있는 휴대폰 같은 걸로 동영상을 찍는 사람들 서너 명이 뒤섞여 피웅덩이를 내려다보고 있었다.

목이 떨어져 나가고 상체가 뭉개져 죽은 시신 두 구를 발견한 박장호가 최태영을 향해 고개를 돌리며 소리쳤다.

"팀장님, 여깁니다."

"사람들 내보내!"

최태영이 마주 소리를 지르며 달려왔다.

박장호는 사람들을 밀어내며 크게 말했다.

"여기서 나가십시오. 그리고 이제 더는 촬영을 하지 마십시오."

상황이 상황인터라 사람들은 미련이 남은 듯 뒤를 힐끗거리기는 했지만 별 군소리 없이 그의 지시를 따랐다.

여러 사람이 박장호의 옆을 스쳐 지나갔다.

박장호는 그들이 물러나는 것을 통제하느라 자리를 떠나던 사람 중 한 명이 작은 알약처럼 생긴 물건을 바닥에 떨구고 이어서 뒤꿈치로 그것을 기괴한 색의 웅덩이 쪽으로 슬쩍 밀어 넣는 것을 보지 못했다.

경찰과 소방관 수십 명이 투입되자 현장은 빠르게 정리되었다.

"이놈들이야?"

웅덩이 근처에 도착한 최태영이 물었지만 팀원들도 아는 것이 그보다 나을 게 없는 터라 뭐라 대답을 하지 못했다.

고참인 김정환 형사가 말을 받았다.

"일단 그 동영상이라는 거부터 봐야 뭘 알 수 있을 거 같습니다, 팀장님."

최태영은 혀를 차며 고개를 끄덕였다.

"그래야겠지……. 그런데 이 새끼들 피 색깔이 왜 이래? 뒈진 지 몇 분 되지도 않았는데 벌써 썩었나?"

이 또한 마땅한 대답이 있을 수 없는 질문이었다.

쪼그리고 앉아 웅덩이를 노려보던 이수하가 고개를 들어 최태영을 보며 말했다.

"이거 썩거나 한 게 아닌 것 같아요. 원래 이 색깔인 것 같은데요?"

"뭐? 그게 무슨 개소리야?"

형사는 성별이 없다. 남형사나 여형사가 아닌 그냥 형사다. 그리고 강력반에서 몇 년 구르면 팀장의 쌍소리 정도는 자장가처럼 듣게 된다.

이수하는 웅덩이에 시선을 돌리며 대답했다.

"사람 피가 몇 분 만에 이런 색으로 변한다는 건 말이 안 된다는 거 팀장님도 아시잖아요. 이놈들 피가 원래 이 색깔이라고 생각하는 게 합리적이에요."

"그럼 이놈들이……. 사람이 아니기라도 하다는 말이냐?"

이수하는 어깨를 으쓱했다.

"저야 모르죠. 국과수(국립과학수사연구소)애들이 알아내야 할 일이잖아요."

"거 참……."

최태영은 입맛을 다시며 말을 이었다.

"어쨌든 현장 보존이나 잘해라. 둔산서 직원들이 왔을 때 흠 잡히면 안 되니까."

무역전시관은 둔산경찰서 관내에 있었다.

어떤 사건이든 발생하면 그 지역을 관할하는 경찰서가 우선 사건을 접수하게 된다. 상급부서인 지방경찰청 단위에서 별다른 지시가 떨어지지 않는다면 이번 사건은 둔산경찰서에서 취급하게 될 터였다.

사상자가 엄청나게 발생한 사건이지만 범인들은 이미 사망했다. 외견상 이 사건은 시작과 동시에 종결된 사건이었다. 그래서 중부경찰서 소속인 최태영과 팀원들이 개입할 여지가 거의 없었다.

물론, 살인자들의 배후가 있다면 문제가 달라지겠지만 현 시점에서 배후를 논할 정도로 눈치 없는 형사는 없었다.

최태영의 시선이 이수하를 향했다.

그가 진심으로 궁금하다는 기색을 숨기지 않으며 물었다.

"그런데 너 이거 어떻게 안 거야?"

이수하는 이 사건이 인터넷을 뒤흔들기 전에 이미 알고 있었다. 무역전시관에서 큰일이 벌어졌다며 억지로 잡아끌기에 이곳으로 올 수밖에 없지 않았던가.

이수하는 아무렇지도 않은 기색으로 대답했다.

"이곳에서 샤크 공연을 관람하던 정보원이 말해줘서 알았어요."

무난한 대답이었고, 더 이상 캐묻기 어려운 정답이었다.

최태영은 이수하가 무언가를 숨긴다는 것을 알았지만 더 이상 추궁하지는 않았다. 어떤 형사든 말하기 곤란한 것들은 몇 개씩은 갖고 있다는 것을 잘 알기 때문이었다.

그때였다.

"어… 어억!"

아무 말 없이 멀뚱하게 서 있기만 하던 박웅재 형사가 새된 비명을 내질렀다.

충청도 출신으로 말수가 적고 감정 표현이 별로 없는 박웅재가 저런 소리를 내는 걸 들어본 적이 없는 최태영과 팀원들이 그를 돌아보았다.

"뭐야? 왜 그래?

최태영의 질문에 박웅재는 휘둥그레진 눈으로 말을 못하고 손가락질을 했다. 그의 손가락이 향한 건 살인자들의 시신이 있는 곳이었다.

일행의 눈이 박웅재의 손끝을 따라갔다.

그들의 안색이 확 변했다.

"뭐, 뭐야?"

"헉!"

"물러나!"

놀란 외침과 최태영의 지시가 어지럽게 떨어졌다.

웅덩이에서 검은 연기가 피어오르고 있었다. 그리고 그 속에 누워 있던 두 구의 시신이 서서히 녹아들고 있었다.

최태영 일행은 어안이 벙벙하다는 기색으로 멍하니 시신들을 볼 수밖에 없었다.

손을 쓸 방법이 없는 것이다.

기괴한 색의 피웅덩이와 두 구의 시신이 연기로 변하는데는 1분도 걸리지 않았다.

웅덩이가 있던 자리는 마치 처음부터 아무 일도 없었다는 듯이 보송보송하게 말라 있었다.

이수하의 얼굴이 일그러졌다.

"둔산서 박 과장님이 시체 없어질 동안 뭐 하고 있었냐고 지랄염병을 하시겠는데요?"

그녀가 언급한 박 과장은 둔산서 형사과장 박준완이었다.

그는 몇 년 전 중부서 형사계장으로 일했던 적이 있어서 최태영 팀과 친했는데 성격이 괄괄하기로 유명한 인물이었다.

최태영은 멍한 얼굴로 말을 받았다.

"저 친구, 양반은 못되겠다."

호랑이도 제 말 하면 온다고 그 순간 부서진 공연장 문으로 인상이 사나운 오십대 초반의 사내가 뛰어 들어오고 있었다.

*   *   *

"적무린에 이어 타카이라……."

들릴 듯 말 듯 작은 목소리로 중얼거리는 모용산의 얼굴빛은 진지했다. 그가 있는 곳은 광진주류 건물 전경이 한눈에 들어오는 맞은편 골목이었다.

그를 중심으로 100미터 이내는 30여 명의 사내가 사람들 속에 섞여 대기 중이었다. 그들은 남의 눈에 뜨이지 않도록 조심하고 있었다. 하지만 눈이 밝은 사람이라면 그들의 얼굴에서 긴장된 기색을 읽을 수 있을 터였다.

모용산은 고개를 돌려 옆에 서 있는 사람을 보았다.

"장 대인, 타카이가 한국에 들어와 있다는 것을 알고 계셨습니까?"

바지 호주머니에 손을 넣고 사라지고 있는 타카이의

등에 묵묵히 시선을 주고 있던 장석주가 고개를 저으며 말을 받았다.

"서복만이 유성회의 최일을 시켜 일본인들을 돕고 있다는 건 알고 있었지만 그들 중에 타카이가 섞여 있다는 건 알지 못했소."

거리에 은신해 있는 30여 명의 절반 이상이 장석주의 부하들이었다. 모용산은 그렇게 많은 부하를 데리고 한국으로 오지 않은 것이다.

"타카이는 타이요우의 적장자 다이키의 수족 같은 자이죠. 그가 이곳에 있다면 다이키도 있을 가능성이 큽니다."

모용산의 말에 장석주는 바로 고개를 끄덕였다. 그 또한 모용산과 같은 생각을 하고 있었기 때문이다.

그가 말을 받았다.

"뜻밖의 대어이긴 한데… 잡아먹기는 쉽지 않은 상황이 된 듯합니다."

이번에는 모용산이 고개를 끄덕이며 입을 열었다.

"장 대인의 말씀이 맞습니다. 무역전시관에서 터진 일 때문에 대전은 곧 한국의 공권력은 물론이고, 전 세계의 첩보원들이 우글대는 용담호혈이 될 겁니다. 그 속에서 우리가 원하는 것을 얻어내는 건 정말 쉽지 않은 일이 되겠죠."

그의 말을 들은 장석주의 눈 깊은 곳에 서늘하게 빛났다.

'대가 센 자로군.'

모용산의 말속에 끝까지 자신의 목적을 포기하지 않겠다는 의지가 들어 있다는 걸 느낀 것이다.

두 사람은 무역전시관 내에서 대형 사건이 발생했다는 것을 이미 알고 있었다. 바로 전부터 근처 매장의 대형 스피커에서 속보가 흘러나왔고, 수하들이 휴대용기기로 재생한 인터넷 동영상의 일부를 본 덕분이었다.

동영상을 본 그들은 무역전시관을 피바다로 물들인 자들이 살아 있는 사람이 아니라는 걸 즉시 알 수 있었다.

'그것'들의 연원도 어렴풋이 추측할 수 있었다.

그들과 '그것'들은 깊은 연관이 있기에 가능한 일이었다.

모용산이 입맛을 다시며 말했다.

"그나저나, 무역전시관 내의 상황이 많이 궁금하군요. 살육의 판을 벌인 자들과 그들을 쓰러뜨린 자 모두 정체가 무얼까요? 장 대인께서 알아봐 주시겠습니까?"

어림짐작과 정확한 정보의 차이는 하늘과 땅이다.

그들처럼 실낱같은 정보에도 생사가 갈리는 일을 하는 사람들에게 있어 정보의 중요성은 두 말이 필요 없었다.

장석주는 담담하게 웃으며 짧게 대답했다.

"물론입니다."

둘의 대화가 끊겼다.

광진주류 건물 내에서 성일택과 다른 사내 한 명이 뛰어 나오는 것을 보았기 때문이었다. 성일택의 얼굴은 딱딱하게 굳어 있었다.

  걸음을 재게 놀린 성일택은 곧 모용산의 앞에 도착했다. 그리고 숨도 돌리지 않은 채 입을 열었다.

  "이곳을 떠나야 합니다. 적무린과 타카이가 안을 쑥대밭으로 만들었습니다. 최일과 십여 명이 죽었고, 그보다 많은 자들이 극심한 중상을 입었습니다. 곧 경찰이 들이닥칠 겁니다."

  모용산은 혀를 찼다.

  "쯧, 졸지에 그 치안 좋다고 명성이 자자한 한국 땅이 동남아처럼 변해 버렸군. 무역전시관의 일도 그렇고, 유성회도 그렇고……."

  중얼거리는 그를 향해 장석주가 말했다.

  "일단 이 자리를 뜨시죠. 정보를 더 수집해서 상황을 정리해 보아야 할 것 같습니다."

  "알겠습니다."

  모용산은 선선히 장석주의 의견을 받아들였다.

  현재 그는 정보의 대부분을 장석주에게 의존하고 있었다. 그로서는 다른 선택의 여지가 있을 수 없었다.

  *   *   *

방석 위에 무릎을 모으고 단정한 자세로 앉아 맞은편의 이혁을 노려보는 시은의 눈은 과장 하나 보태지 않고 말 그대로 '도끼눈'이었다.

벽에 등을 기대고 두 다리를 쭉 뻗은 채 앉아 있던 이혁은 슬그머니 시은의 시선을 비꼈다. 그의 눈길이 열린 창밖을 향하는 것을 본 시은의 눈썹 끝이 위로 곤두섰다.

"이혁!"

엄청나게 크고 경직된 음성이었다.

이혁은 양손을 들어 손가락으로 귓구멍을 틀어막았다.

"나 귀 안 먹었어."

"말해! 무역전시관의 그 이상한 복면을 쓴 사람… 너지?"

조금 낮아진 목소리지만 여전히 평소보다 배는 컸다.

단단히 화가 난 것이다.

이혁이 슬쩍 곁눈질로 시은을 보며 물었다.

"누나도 동영상을 본 거야?"

"온 나라가 난리인데 안 보았을 거 같아? 게다가 시체 같은 얼굴을 하고 와서는 내가 모르리라고 생각했어? 너 바보야?"

속사포처럼 쏟아지던 말은 뒤로 갈수록 언성이 높아졌다.

생각하면 할수록 화가 치미는 듯했다.

이혁은 나직하게 한숨을 내쉬었다.

전시관에서 사건이 터졌을 때 촬영을 하는 사람들을 보고 그가 가장 우려했던 일 가운데 하나가 시은이 알게 되는 것이었다.

이 마당에 오리발을 내밀며 뻗대는 건 답이 될 수 없었다.

시은은 그가 복면 아니라 전신에 포대를 뒤집어쓰고 있다 해도 한눈에 알아볼 수 있는 사람이었다.

그는 시은의 눈을 똑바로 바라보며 입을 열었다.

"지수와 그 친구들하고 함께 갔던 곳이잖아. 내가 나서지 않았으면 그 아이도 다쳤을 거야. 그리고 나 멀쩡하게 돌아왔잖아. 그러니까 화 풀어, 누나."

연인 사이에나 할 법한 부드럽고 속삭이는 듯한 저음이었다. 시은은 그가 이런 말투를 사용하는 걸 유별나게 좋아했다.

그걸 알고 있었기에 사용한 말투였다. 추궁을 모면하기 위해서 이혁 나름대로 머리를 굴린 결과였다.

시은은 입을 꼭 다물더니 손가락을 세워 이혁의 가슴 명치 부근을 쿡 찔렀다.

이혁의 얼굴이 자신도 모르는 사이 일그러지며 억눌린 신음 소리가 입술 사이로 새어 나왔다.

"으흑……."

시은의 눈에 불길이 이글거렸다.

"와우! 정말 멀.쩡.하.게.도 돌아왔구나!"

이혁은 가슴을 쓰다듬으며 말했다.

"센 놈들이었어. 이 정도 상처만으로 그들을 쓰러뜨린 건 화낼 일이 아니고 다행이라고 해야 할 일이야, 누나."

"그렇게 센 놈들을 너 혼자 상대했단 말이잖아!"

이혁은 어깨를 푹 늘어뜨렸다.

지금 시은은 그에 대한 걱정으로 너무 화가 나 있어서 어떤 말로도 달랠 수가 없었다. 이럴 때는 시간이 약이었다. 그녀가 진정될 때까지 기다리려야만 했다.

시은의 잔소리는 10여 분 동안 지속되었다.

이혁은 죽을죄를 지은 사람처럼 고개를 숙인 채 그녀의 잔소리를 들었다.

고함치듯 한 바탕 설교를 늘어놓던 시은의 목소리 톤이 조금씩 작아졌다. 이혁이 생각한 대로 시간이 지나면서 화가 어느 정도 가신 것이다.

"…그러니까 다시 그렇게 위험한 상황에 처하게 되면 먼저 나와 상의를 하고 움직이라는 말이야. 알았지?"

"……."

지체 없이 나와야 할 대답이 들리지 않았다.

잠시 기다려도 계속 대답은 없었다.

시은은 고개를 갸웃하다가 어이가 없다는 얼굴이 되었다.

"쿠… 울… 쿠… 울……"

고개를 숙인 이혁에게서 낮게 코고는 소리가 나고 있었다.

"자… 자는… 거야?"

시은은 이 상황에서도 잠이 드는 이혁의 굵은 신경에 감탄을 해야 하는 건지 화를 내야 하는 건지 혼란스러워 더 이상 말을 잇지 못하고 방석 위에 털썩 주저앉았다.

쪼그리고 앉아 이혁을 바라보는 시은의 눈매가 부드러워졌다.

그녀는 자리에서 일어났다. 그리고 조심스럽게 이혁을 부축해 바닥에 눕히고 그의 머리를 베게로 받쳐 주었다.

이혁은 깨지 않았다.

그것이 시은의 마음을 아프게 했다.

그녀는 이혁이 어떤 감각의 소유자인지 너무도 잘 안다. 그의 몸이 정상이었다면 그녀의 손이 닿기 전에 그는 눈을 떴어야 했다. 하지만 그는 그녀가 몸을 부축해 눕혀 주는데도 눈을 뜨지 못했다.

그의 몸이 정상이라면 있을 수 없는 일인 것이다.

그녀는 이혁의 머리카락을 어루만졌다.

부드럽고 조심스러운 손길이었다.

이혁은 여전히 깨어나지 못했다.

그녀의 입술이 작게 달싹였다.

"다치지… 말란 말이야……. 사람을 이렇게 걱정시키고… 하아……."

이혁을 내려다보는 그녀의 눈에 쓸쓸한 빛이 떠올랐다.

"너만은… 다치게 하고 싶지 않아……. 혁아… 난 너 없이 어떻게 이 세상을 살아갈 수 있을지… 상상이 안 된단 말이야……."

그녀의 중얼거림은 거의 입술만 벙긋거리는 수준이라 설령 누군가 방에 있었다 해도 들을 수 없었으리라.

그때였다.

드르르르륵. 드르르르륵.

식탁 위에 있는 휴대폰이 요란하게 진동했다.

이혁의 머리에서 손을 뗀 시은이 일어나 휴대폰을 들었다. 액정에 떠 있는 발신자의 이름을 본 그녀의 눈이 커졌다.

그녀는 급하게 휴대폰의 수신버튼을 누르며 말했다.

"석주 오빠?"

[그래, 나다.]

저편에서 낯익은, 언제나 그녀가 듣고 싶어 했던 굵은 목소리가 들려왔다.

시은의 얼굴이 환해졌다.

"어디세요?"

[근처에 와 있다.]

"대전이라고요?"

[그래.]

시은의 안색이 살짝 변했다.

4월에 서울에서 만난 후로 장석주는 시은에게 연락을 해오지 않았다. 그랬던 그가 아무 일도 없이 대전에 와 있을 리 없었다.

그녀의 예상은 빗나가지 않았다.

[시은아, 혁이 함께 있냐?]

"예, 오빠."

[다쳤지?]

묻는 장석주의 목소리는 무겁게 가라앉아 있었다.

"…예."

[우리 만나야겠구나. 너도 지금 어떤 일이 벌어지고 있는지 알고 있어야 하니까.]

"저도 오빠를 보고 싶어요."

[조만간 다시 연락하마. 먼저 알아보아야 할 게 있다.]

"연락주세요, 오빠."

[그래, 주변이 불안하다. 조심해라.]

"예."

전화가 끊겼다.

휴대폰을 손에 든 채로 누워 있는 이혁을 돌아보는 그녀의 눈가에 그늘이 졌다.

"혁아……."

그녀는 나오려는 한숨을 억지로 삼켰다.

아래층에서 고저가 다양한 복소리들이 계속해서 들려왔다. 아마도 지수의 얘기를 들으며 사람들이 토해내는 탄성일 것이다.

그녀는 시선을 들어 창밖을 보았다. 창턱을 넘어온 바람이 그녀의 눈을 덮으려던 물기를 말렸다.

그녀의 입술이 벌어지며 낮은 목소리가 흘러나왔다.

"한때는 네가 우리와 함께하기를 바란 적도 있었지만…이제는 그렇지 않아. 나는 네가 저들처럼 평범하게 살기를 바라고 있어……. 그게 그렇게도 과한 욕심인 걸까……."

그녀는 이를 살짝 물었다.

가슴이 텅 빈 듯해서 견디기 힘들었다.

이혁에게 고개를 돌린 그녀의 눈빛이 강해졌다.

"세월이 우리를 어디로 데려갈지 알 수 없지만… 혁아, 나는 언제까지라도 네 옆에 있을 거야."

입을 꼭 다문 그녀는 외출준비를 시작했다.

제11장

무역전시관에서 발생한 살인사건은 대전과 인근 주민들
에게 막대한 영향을 미쳤다.

　대전에서 장사를 하는 사람들에게는 그야말로 마른하늘
에 날벼락 혹은 자다가 홍두깨로 정수리를 두들겨 맞은
것과 다름이 없는 일이었다.

　사건 이후 밝은 대낮에도 거리에 사람을 보기가 어려웠
다. 낮이 그 지경인데 밤이야 말할 것도 없었다.

　손님은 둘째 문제였다. 장사를 해야 하는 업소의 주인
들도 두려움 때문에 문을 닫은 곳이 수두룩한 판이었다.

　특히 거리에서 20세 이하의 청소년들을 보는 것보다
밤하늘의 별을 따는 게 더 쉬울 거라는 농담이 진담처럼 들릴 지경이 되었다.

맞벌이를 하던 부부들 중 어느 한쪽이 장기 휴가를 내거나 휴직을 하고 아이들을 감시하는 경우가 드물지 않아졌다.

어디로 튈지 모르는 아이들이 행여나 밖으로 나갔다가 참사를 당할 수도 있는, 영화에서나 봤을 법한 일들이 실제로 대전 한복판에서, 그것도 대형 공연장에서 벌어졌는데 부모 둘 다 직장을 다닐 수는 없었던 것이다.

정부도 날벼락을 맞기는 시민들과 마찬가지였다.

무역전시관내에서 죽은 사람만 30여 명에 달했고, 병원에 후송된 뒤에 숨을 거둔 사람까지 합하면 사망자는 55명이었다.

다친 사람의 수는 그보다 많아서 근 100여 명, 최종 집계된 사상자의 수는 154명이었다.

과거 삼풍백화점이나 대구지하철처럼 많은 사상자가 나온 사건들이 있었다. 하지만 이번은 그들과 경우가 완전히 달랐다.

말을 만들기 좋아하는 사람들이 '무역전시관 대학살'이라고 명명한 이번 사건은 사고가 아니라 살인사건이었다.

사건이 터진 당일 치안부재에 대한 분노의 여론이 해일처럼 일어나 경찰청과 정부를 초토화시켰다.

객관적으로 보았을 때 정부입장에서는 사건이 터지자

마자 행운과 불운이 겹쳐서 일어났다고 할 수 있었다.

행운은 살인자들이 현장에서 누군가에게 저지당하며 죽었다는 것이었다.

통상적인 경우라면 살인자들이 죽었으니 사건은 종결된 것이나 마찬가지였다. 종결된 사건에 대한 악성여론은 길게 가지 않는 법이다. 하지만 정부 관계자들이 안도의 한숨을 쉬기는 너무 일렀다.

행운과 겹치듯이 불운이 찾아들었기 때문이다.

현장에서 온전하게 보존되었어야 하는 살인자들의 시신이 많은 사람들이 보고 있는 와중에 연기가 되어 증발하는 불가사의한 일이 벌어졌던 것이다.

목격자가 여러 명 이었고, 현장을 빠져나가지 못한 시민 중 몇 명이 촬영해서 동영상을 실시간으로 인터넷에 올린 탓에 보안을 유지할 수도 없었다.

엎친 데 덮친 격으로 무역전시관에서 사건이 벌어지던 시점에 대전암흑가를 장악하고 있던 유성회 보스 최일을 비롯한 수뇌부와 핵심조직원들이 자신들의 근거지에서 몰살당하는 일이 터졌다.

전시관과 광진주류에서 죽은 사람의 수는 총 70명에 가까웠다. 이 정도 사망자라면 '학살'이라는 단어가 전혀 어색하지 않았다.

살인자들이 죽으며 정리될 수도 있었던 분위기는 그들

이 증발과 유성회 조직원의 몰살사건으로 인해 파장이 더욱 커졌다.

하지만 그런 분위기는 대전에서 멀리 떨어진 지역까지 전파되지 않았다.

사건이 발생한 직후부터 인터넷에 띄워져 있던 동영상들은 무서운 속도로 삭제되었다. 최대의 동영상 사이트인 유튜브도 예외는 아니었다.

처음에는 동영상과 함께 속보로 다루던 공중파 방송에서도 짤막하게 한 마디 언급하는 수준으로 사건을 다루었다.

종이 신문들은 아예 사건 자체를 다루지 않았다.

대형 블로거들이 자신들의 블로그에 올린 글과 페이스북, 트위터와 같은 SNS에서도 대전의 사건을 언급한 글들은 올라오는 것과 같은 속도로 삭제되었다.

이에 대해 인터넷 상에서 항의를 한 사람들은 검은 양복을 입은 사람들의 조용한 방문을 받고 입을 닫았다.

그런 작업은 국내든 국외든 상관없이 이루어졌다.

예민한 사람들은 거대한 힘이 대전 사건에 개입했다는 것을 알아차렸다. 이 정도 규모의 보안조치는 한국정부 단독의 힘으로는 불가능했다. 그래서 더욱 입조심을 했다.

현실과 인터넷에서 동시에 보안작업(?)이 이루어지면서 대전을 제외한 다른 지역이나 국가에서는 사건의 파장이 빠르게 줄어들었다.

한국 사람들만 빨리 잊는 건 아니었다. 망각은 인간의 본질 중 하나인 것이다.

하지만 어떤 거대 권력도 막지 못한 것이 있었다.

그것은 사람들의 호기심이었다.

호기심의 대상은 '그'였다.

맨손으로 괴물과도 같았던 살인자들을 쓰러뜨려 위기에 빠진 사람들을 구하고 아무런 흔적도 남기지 않은 채 어디론가 홀연히 사라진 사내.

사람들은 '그'가 누구인지 알고 싶어 했다.

호기심을 가진 건 일반인뿐만이 아니었다.

정말로 많은 '세력'이 '그'에 대해 알고 싶어 하고 있었다.

            *   *   *

쾅!

문이 벌컥 열렸다.

"니미, 좆됐다."

쌍욕과 함께 사무실 문을 발로 세차게 걷어차며 들어온 사람은 팀장인 최태영이었다.

무역전시관 사건에 대해 중구난방 토론 비슷한 이야기를

하고 있던 팀원들의 분위기가 대번에 싸해졌다.

그들은 최태영의 눈치를 보며 슬금슬금 자리로 돌아가 앉았다.

털썩.

의자 다리가 부러지지 않을까 걱정스러울 만큼 대충 주저앉은 최태영이 팀원들을 홱 돌아보았다.

최태영의 표정이 워낙 심상치 않아서 그녀답지 않게 조신하게 책상 위의 서류를 보는 척하던 이수하가 결국 호기심을 참지 못하고 입을 열었다.

"왜 그러세요?"

"진짜 씨발스런 일이야……."

최태영은 의자 목받이에 뒤통수를 턱하고 걸치며 중얼거렸다.

천장을 향한 그의 눈가에 드리워진 거무튀튀한 기색은 그가 얼마나 큰 스트레스를 받고 있는지 웅변하고 있었다.

대답은 하지 않고 혼잣말을 하는 최태영의 행동은 이수하의 성질을 살짝 건드렸다.

눈이 돌아가면 그녀는 부모 외에는 아무 것도 보이지 않는 성격이다.

그녀가 눈썹을 곤두세우며 빽 하고 소리쳤다.

"뭐냐고 물었잖아요!"

찢어지는 듯한 고음에 최태영은 정신이 번쩍 든 얼굴로

허리를 펴고 이수하를 노려보았다. 둘의 시선이 마주치자 허공에 불똥이 튀는 듯했다. 다른 팀원들은 어깨를 움츠리고 둘의 눈치를 보았다.

"안 그래도 정신 사나운데 너까지 소리 지를래? 한 번만 소리 더 들으면 술 마실 때 니 아비 패버리는 수가 있다."

이수하의 곤두섰던 눈썹이 대번에 얌전히 내려갔다.

그녀의 아버지는 천상 책상물림이라 유도를 30년 넘게 한 최태영의 손가락질에도 기절할 양반이었다.

"무슨 일이신데 협박까지 하고 그러세요……."

나긋나긋한 목소리.

최태영은 다시 목받이에 뒤통수를 얹으며 입을 열었다.

"국과수 애들이 일 빨리했다."

"결과가 벌써 나온 거예요?"

"종합은 아니지만… 일부는 나왔다."

대전에도 국립과학수사연구소 중부분소가 화암동에 있다. 하지만 이번 사건의 규모가 워낙 컸기 때문에 사건 직후 서울에 있는 국립과학수사연구소는 부검팀 세 개를 대전으로 내려 보냈다. 부검해야 할 시신이 너무 많았던 것이다.

부검결과는 간단한 것도 최소 일주일은 걸린다. 장기와 혈액 등에 대한 조직검사까지 하면 한 달은 기본이다.

사건이 발생한 게 며칠 전에 불과하다는 걸 생각하면 일부일지라도 벌써 결과를 통보받았다는 건 놀랄 일이었다.

팀원들의 눈이 반짝였다.

이수하가 물었다.

"뭐래요?"

"그게… 씨발……"

최태영의 입에서 또 욕설이 흘러나왔다.

팀원들의 호기심은 극에 달했다.

이번에는 말 수 없는 박웅재가 물었다.

"팀장님, 국과수에서 뭐라 그랬는데 그렇게 열을 내시는 겁니까?"

"후우……"

최태영은 한숨과 함께 말을 이었다.

"희생자들 몇 명이 '미스테리 연쇄살인사건'의 희생자들과 같은 사인(死因)이란다."

"……"

팀원들의 입이 떡 벌어졌다.

'미스테리 연쇄살인사건'이라면 대전에서 연쇄적으로 일가족이 몰살당한 살인사건을 뜻했다.

이수하가 더듬거리며 물었다.

"피가… 없어진 희생자들이… 있단 말인가요?"

"그래."

최태영은 힘없이 고개를 끄덕였다.

이수하는 물론이고 팀원들의 얼굴은 똥색으로 변했다. 앞으로 일이 어떻게 돌아갈지 충분히 예상이 되었기 때문이다.

희생자가 동일한 사인을 보인다면 무역전시관 사건은 지금까지 제대로 된 단서 하나 건진 것이 없는 '미스테리 연쇄살인사건'의 연장선상에 있게 된다.

이수하가 어깨를 축 늘어뜨리며 중얼거렸다.

"인간이 아닐 수도 있는 자들에 대한 조사로 전환되겠군요. 배후가 없다는 확신을 할 수 있을 때까지……."

최태영은 고개를 끄덕였다.

"그래."

팀원들은 암담한 얼굴로 서로를 돌아보았다.

지금도 업무량이 인간의 한계를 시험할 만큼 많았다. 그런데 앞으로는 지금이 한가했다고 그리워하게 될 가능성이 컸다. 살인자들이 사망했다고 사건이 종결될 수 있는 사안이 아니라는 걸 모르는 형사는 없었다.

납득할 수 있는 살인의 동기와 배후를 찾아내지 못한다면 국민은 이해해 주지 않을 테니까.

최태영이 툭 던지듯 말했다.

"서울에서 고위직 인사가 내려온다고 하니까 마음의

제11장 307

준비들 해. 차관 급이 직접 현장지휘를 한단다."

이수하가 물었다.

"차관 급이 내려온다고요?"

"그래."

이수하는 최태영의 대답 속에 묘한 기색이 섞여 있다는 것을 눈치 챘다.

그녀가 물었다

"현장 수사지휘를 그분이 한다고요?"

"그렇다니까!"

최태영의 목소리에서 짜증이 묻어났다. 그러나 그 대상은 이수하가 아니었다. 그는 주변 상황에 스트레스를 받고 있는 것이다.

암담하던 팀원들의 얼굴이 썩어 들어갈 지경이 되었다.

중앙부처의 차관 급은 언론에 얼굴을 비출 때 외에는 현장에 오지 않는다. 그런 사람이 직접 현장지휘를 한다면 일선에서 뛰는 사람들 입에서는 곡소리가 나올 수밖에 없었다. 업무량이 폭주할 테니까.

이수하가 단정 짓듯 말했다.

"그 차관 급이라는 고위직 인사, 검찰의 검사장 급 인물이 아니라 다른 부처 사람인 거죠? 국정원인가요?"

최태영이 고개를 끄덕였다.

"너, 돗자리 펴도 되겠다."

그가 말을 이었다.

"수사본부도 지금보다 규모가 두세 배는 더 커질 거 같다. 경찰과 검찰, 국정원…… 필요하다면 군수사기관까지 동원될 거 같다. 대통령이 대로한 상태라니까."

그는 이수하를 보며 물었다.

"그리고 동영상에 나오는, 살인자들을 막은 남자 말이야. 뭐라도 건졌어?"

이수하는 고개를 저었다.

"아직이에요. 워낙 움직임이 빠르고 정지했을 때는 옆모습과 뒷모습만 노출되어서 얼굴 확인이 안 되잖아요. 게다가 천으로 얼굴도 가렸고요. 시민들 제보도 꽤 돼서 확인을 해보았지만 전부 오인신고였어요."

최태영은 인상을 썼다.

"빨리 찾아. 위에서 하도 닦달을 해대서 퇴직하는 것보다 스트레스로 사망하는 게 더 빠를 것 같을 지경이다."

"예."

이수하는 멍한 얼굴로 의자에 등을 기댔다.

갑자기 이혁이 보고 싶어 미칠 지경이었다.

그의 강철처럼 단단한 가슴에 안기고 싶었다.

쉬고 싶은 것이다.

하지만 지금 상황으로는 당분간 불가능할 수밖에 없는 소원이었다.

천장을 향한 그녀의 눈이 가늘게 떨렸다.

'이혁, 너니? 그 동영상의 남자… 체형이 너와 너무 많이 흡사해……. 그전에 네가 했던 전화… 정말 너니?'

*　　　*　　　*

우둑. 투둑.

가볍게 목을 돌려본 이혁은 경쾌하게 경추가 퉁그러지는 맑은 소리에 미소를 지었다.

'많이 나아졌군.'

전시관에서 '그것' 들과 싸우며 입었던 내외의 상처 때문에 그는 지난 며칠 동안 방 안에서 꼼짝도 하지 않으며 치료에만 전념했다.

완치되지는 않았지만 몸은 평소의 80퍼센트 수준까지 회복되었다.

그가 입은 상처는 단전과 경락이 충격을 받으며 내부의 균형이 무너졌기 때문에 생겨난 것이다.

이것은 현대 의학으로는 치료할 수 있는 유형의 상처가 아니어서 병원에 가는 건 시간낭비였다.

그의 스승이 전해준 무영경 이십사절 속에는 고도로 발전된 형태의 자가요상술(自家療傷術)이 포함되어 있었다.

생사회혼술(生死回魂術)이라는 이름을 가진 그의 문파

자가요상술은 열두 단계로 이루어져 있다. 그리고 그것은 기를 이용한 것부터 침술과 약초술, 그리고 독으로 치료하는 수법까지 다루지 않는 분야가 없었다.

자가요상술이 그처럼 발달하게 된 건 그의 문파가 갖고 있는 특성 때문이었다.

그의 문파가 산속으로 들어가 은둔하기 전까지 그 제자들은 언제나 사선(死線)을 걸었다. 피할 수 없는 치명적인 상처가 숙명처럼 그들을 괴롭혔다. 하지만 그들은 외부의 도움을 기대하기는커녕 오히려 주는 도움도 거절할 수밖에 없는 환경 속에서 살아야만 했다. 그 때문에 자가요상술이 발전할 수밖에 없었던 것이다.

이혁은 스승이 가르쳐 준 것을 완벽하게 익힌 상태는 아니었다. 생사회혼술의 성취도 높지 않아서 이제 5단계의 초입에 이르렀을 뿐이었다. 하지만 그것만으로도 그가 입은 내외의 상처는 상식을 벗어난 속도로 나아지고 있었다.

간단하게 몸을 움직여 상태를 체크한 그는 후드가 달린 다크네이비색 트레이닝복 세트를 입었다.

거실로 나온 그는 식탁에 앉아 차를 마시고 있는 시은을 볼 수 있었다.

시은이 이혁에게 눈을 흘기며 말했다.

"그 몸을 해 가지고 어디 나가려고?"

"답답해서. 바람 좀 쐬고 올게."

"괜찮겠어?"

이혁은 싱긋 웃으며 후드를 뒤집어썼다. 그리고 끝을 잡아 코 있는 곳까지 잡아 내리며 말했다.

"나를 알아보는 사람이 있을 거 같아?"

시은은 가볍게 웃었다.

"그렇게 후드를 쓰니까 판타지에 나오는 마법사 같다."

이혁도 마주 웃으며 고개를 저었다.

"기왕이면 전사 쪽으로 해주는 게 어때? 그쪽은 내 취향이 아니라는 거 알잖아."

시은은 더 말상대하기 싫다는 듯 손사래를 쳤다.

"너무 늦지 마."

"응."

신발을 신는 그를 향해 시은이 말했다.

"나도 밖에 나갔다 올 거야."

이혁은 눈이 커져서 시은을 돌아보았다.

눈빛에 궁금해하는 기색이 섞여 있었다.

대전에 온 후 시은이 밖에서 사람을 만난다는 말을 들었던 기억이 없었기 때문이다.

"누군데?"

"다녀와서 말해줄게."

시은이 이렇게 말하면 그걸로 끝이다.

이혁은 고개를 끄덕였다.

"알았어."

거실 시계의 시침이 오후 3시를 넘어가고 있었다.

아래층은 조용했다.

무역전시관 사건이 터지고 하숙집 분위기도 대전의 다른 가정과 비슷해졌다.

방학이 되고 나서도 하숙집에 줄기차게 머물던 채현과 미지는 사건 직후 귀가를 종용하는 본가의 닦달을 받았다.

1차 닦달은 사뿐히 거부되었다. 하지만 본가의 1차 닦달을 거부한 그녀들에게 두 번 거부할 기회는 주어지지 않았다.

그녀들의 본가에서 직접 사람을 보냈기 때문이다.

그녀들은 끌려가다시피 하며 하숙집을 떠났다.

지수는 자의반 타의반으로 집을 벗어나지 못했다. 어머니인 오 여사가 그녀 옆에서 한시도 떨어지지 않았기 때문이다.

지수는 한참 예민할 나이에 사건이 벌어진 현장에 있었다. 어떤 후유증이 있을지 아무도 예측할 수 없는 게 사실이었다.

변함없는 건 지윤뿐이었다. 그녀는 공부한다고 자기 방에 박혀서 아예 나올 생각도 하지 않았다.

그의 일거수일투족에 관심을 가지고 있던 소녀들 무리가

사분오열(?)된 덕분에 이혁은 정말 편하게 하숙집을 나설 수 있었다.

그는 호주머니에 손을 집어넣고 어슬렁어슬렁 골목을 걸었다. 딱히 이유가 있어서 나온 건 아니었다. 시은에게 말한 대로 그는 바람을 쐬다가 돌아갈 생각이었다.

그는 무역전시관에 나타났던 괴물들이 어디에서 왔는지 안다. 그리고 편정호가 알려준 덕분에 그곳이 불에 타고 무너져 폐허가 되었다는 것도 안다.

그도 사람인데 호기심이 없을 수 있겠는가.

당연히 무슨 일이 있었는지 알아보고 싶은 마음이 있었다. 하지만 그는 당장 움직일 생각은 조금도 없었다.

몸 상태가 문제였다.

그의 몸은 완전히 회복되지 않았다.

그는 괴물과도 같은 능력을 발휘하던 '그것' 들이 둘밖에 없으리라고 장담하지 못했다. 그가 생각할 때 '그것' 들은 인위적으로 만들어진 존재들이었다.

둘을 만든 자라면 또 다른 '그것' 들을 만들 수도 있다고 생각하는 게 합리적이었다. 지금의 몸 상태로 또 다른 '그것' 들을 만나게 된다면 이번에는 그가 당할 수도 있었다. 그런 위험을 감수할 생각은 없었다.

그는 오직 자신만이 이번 사건의 이면을 파헤칠 수 있으며 그렇게 해야만 한다는 사명감과 확신 같은 건 눈곱

만치도 없었다.

이 나라에는 그가 아니더라도 사건을 조사하고 해결할 수 있는 강력한 권력을 가진 기관들이 많았다.

일이 터지기 전이었다면 그의 대응방식은 달라졌겠지만 사건이 벌어진 이상 그들 기관에 맡기는 게 옳았다.

물론, 귀찮거나 시은의 잔소리가 무서워서 그런 건 절대로(?) 아니었다.

골목길을 빠져나온 그는 걸음을 멈췄다.

'뉴스에서 보던 것보다 더하군. 완전히 영화 속에 나오는 세기말의 도시 분위기네.'

4차선 도로는 한산하기 이를 데 없었고, 인도 또한 텅 비었다. 인도변의 가게들도 서너 집 건너 한 집 꼴로 문을 열었을 뿐이었다.

100미터를 가도 차 한 대, 사람 한 명을 보기 힘들 지경이었으니 무슨 말이 더 필요할까.

간혹 보이는 사람들의 얼굴에는 웃음기가 전혀 보이지 않았고, 눈동자는 불안하게 사방을 살폈다.

두려움이 도시 전체를 짓누르고 있었다.

터벅터벅.

이혁은 주변의 모습을 천천히 돌아보며 걸음을 옮겼다.

늘 바쁘게 움직이던 사람들과 차량의 행렬이 사라진 거리는 섬뜩하다는 느낌을 받을 정도로 적막했다.

이혁의 뇌리에 어제 이수하와 통화했던 내용이 떠올랐다.

'이런 분위기도 오래 지속되지는 않겠지…… 일이 터지면 와글거려도 자기와 상관이 없다 싶으면 곧 무관심해지는 게 사람이니까.'

게다가 우리나라 사람들은 냄비 같다는 표현을 들을 만큼 특정한 사건과 관련해서 빨리 달아오르고 빨리 식는 성향이 유달리 강하다.

'정부가 적극적으로 수습에 나섰다고 했는데… 현장 지휘를 하는 사람이 차관 급이라니까 우왕좌왕하지는 않을 거고. 뭐, 알아서 하겠지.'

그는 수사를 진행하고 있는 기관들의 내부사정에 대해서 잘 알고 있지 못했다.

이수하는 그런 부분은 그에게 한 마디도 하지 않았다. 둘의 사이가 아무리 가까워도 지켜야 할 것은 있었다.

그녀는 프로인 것이다.

이수하와의 통화는 하루 한 번도 힘들었다. 시간도 짧아서 1분을 넘지 못했다.

당연히 만나는 건 꿈도 꾸지 못했다. 그의 몸 상태도 좋지 않았지만 그보다 그녀가 너무 바빴다.

그녀가 만나자고 했다면 그는 기어서라도 나갔을 것이다.

'그 사람이 능력자였으면 좋겠는데… 하숙집 식구들 겁 먹은 모습 보는 것도 찜찜해. 빨리 좋아졌으면 싶군.'

오랜만에 이런저런 생각을 하며 길을 걷던 그의 눈빛이 변했다. 그는 콧등까지 덮은 후드를 슬쩍 들어 올리며 번개처럼 사방을 돌아보았다.

눈빛이 잘 벼린 칼날처럼 서늘했다.

'이건……?'

그의 얼굴에 긴장된 기색이 스쳐 지나갔다.

눈에 보이지 않는 무엇인가가 은밀하게 다가와 그의 명치를 송곳처럼 찌르고 있었다.

'형체가 없는 기세를 유형화시켜 의도적으로 나를 자극하고 있다. 누구지?'

살의가 담기지 않았지만 분명 기파(氣波)였다.

그의 호흡이 가늘어지다 못해 들리지 않을 정도가 되었다.

그는 자신이 받고 있는 자극이 착각이나 환상이 아니라는 걸 분명하게 알고 있었다. 그 또한 그것을 가능하게 할 수 있는 능력을 갖고 있었으니까.

예전에 TV 개그 프로그램에서 돈을 실로 묶어서 바닥에 떨어뜨려 놓은 후 사람이 그것을 발견했을 때 실을 잡아당겨 어디까지 따라오나 실험하는 코너가 있었다.

이혁을 자극하는 기파가 딱 그것과 닮았다.

기파는 슬금슬금 그의 명치를 자극하며 일정한 방향으로 그를 유도했다.

이혁은 자극을 피하지 않기로 했다.

20여 미터를 걸어가자 기파는 오른쪽 골목으로 꺾어졌다. 주택가를 따라 걷던 이혁은 기파가 주택가 뒤편의 야산으로 이어졌다는 것을 알아차렸다.

그는 단전의 기를 끌어내 전신으로 한 번 돌렸다. 익숙한 기운이 찰나지간 전신을 일주천(一週天)했다.

근육이 유연하면서도 팽팽하게 당겨지는 것이 느껴졌다.

기파에서 살기가 읽혀지지는 않았다. 하지만 그는 진정한 고수라면 살기까지도 제어할 수 있다는 걸 알고 있었다.

언제 무슨 일이 벌어지든지 대응할 수 있는 준비는 되어 있어야 했다.

야산의 그늘 안으로 접어든 그는 걸음을 멈췄다.

그를 자극하던 기파는 어느 사이엔가 종적을 감춘 뒤였다.

그의 시선이 5미터가량 되는 나무의 밑동을 향했다.

그의 눈빛에 의혹과 긴장이 동시에 떠올랐다.

"무슨 이유로 저를 부른 겁니까?"

그의 시선이 닿은 곳에 서 있던 노인이 그를 향해 히죽 웃었다. 피부는 영락없는 노인의 그것이었지만 웃으며 드러난 이는 가지런하고 희었다. 젊은 사람도 그처럼 맑은 빛을 띤 이를 가진 사람이 드물 것이다.

노인이 카랑카랑한 목소리로 이혁의 말을 받았다.

"아직 나를 기억하고 있었구나."

"잊을 리 있겠습니까. 제게 전음씩이나 보내셨던 분을요."

노인은 그가 퀼트동아리와 함께 변산반도로 여행을 가던 날 아침 버스정류장에서 스치듯 보았던 그 사람이었다.

"허허허허."

왜소한 체구의 노인은 껄껄 거리며 웃었다. 그러던 그의 입가에서 미소가 씻은 듯이 사라졌다.

"한 가지 묻고 싶은 게 있어서 너를 불렀다."

그가 서 있는 자리는 나무로 인해 그늘이 져 있었다.

그 그늘 속에서 마치 서치라이트를 켠 것과도 같은 두 개의 강렬한 빛이 일어났다. 믿어지지 않게도 그 빛은 노인의 눈에서 쏟아지고 있었다.

이혁은 말없이 노인의 무시무시한 눈을 마주보았다.

그의 눈매가 가늘게 떨렸다.

노인의 두 눈에 담긴 힘은 현재의 그가 감당하기 힘든 것이었다. 그 가공할 힘은 세월이 만들어낸 것이었으니까.

그는 이를 악물었다.

노인의 시선을 피하고 싶은 마음은 없었다.

그것이 만용이라는 것을 인정할 수밖에 없을 만큼 노인은 강했다. 하지만 피해서는 안 된다는, 근거를 댈 수 없는 직감 같은 것이 그를 사로잡았다.

실핏줄이 불거진 그의 두 눈이 붉게 물들어갔다.

그런 그를 보며 노인이 천천히 입을 열었다.

"묻겠다. 네가 오래전 맥이 끊어졌다고 전해지는 자객지왕(刺客之王) 암왕사신류(暗王死神流)의 당대 전승자가 맞느냐?"

이혁의 안색이 돌덩이처럼 딱딱하게 굳었다.

〈『켈베로스』 제6권에서 계속〉